Piero Buscemi

Ossidiana

ZeroBook
2026

Titolo originario: *Ossidiana* / di Piero Buscemi

Questo libro è stato edito da **ZeroBook**: www.zerobook.it.

Edizione: marzo 2026

ISBN 978-88-6711-249-4

© 2026, ZeroBook Piero Buscemi

Tutti i diritti riservati in tutti i Paesi. Questo libro è pubblicato senza scopi di lucro ed esce sotto Creative Commons Licenses. Si fa divieto di riproduzione per fini commerciali. Il testo può essere citato o sviluppato purché sia mantenuto il tipo di licenza, e sia avvertito l'editore o l'autore.

Controllo qualità **ZeroBook**: se trovi un errore, segnalacelo!

Email: zerobook@girodivite.it

Prefazione

Questo libro rappresenta l'esordio letterario dell'autore. Uscito in una prima versione nel 2001, riscontrò subito l'apprezzamento della critica aggiudicandosi il Premio *La Fontanina* a Siracusa. Considerati anche gli elogi e le recensioni ricevuti negli anni successivi alla pubblicazione, dopo un periodo di stasi, fu ripubblicato nel 2013 con una nuova veste grafica. La ripubblicazione rilanciò l'attenzione dei lettori e degli addetti in campo editoriale, particolari riscontrabili con diversi articoli dedicati all'opera e segnalazioni in svariati premi letterari nazionali.

La casa editrice ZeroBook ha da qualche anno inserito nel proprio catalogo moltissime opere dell'autore, occupandosi anche delle successive produzioni letterarie che hanno manifestato la maturità artistica e narrativa dello scrittore, registrando ulteriori apprezzamenti di critica, confermati dalle giurie di importanti premi e concorsi letterari, senza tralasciare un'ottima risposta dei lettori.

Per questi motivi, la casa editrice ripropone questo libro all'attenzione dei lettori. Innanzitutto, per la qualità narrativa riscontrabile nella lettura del testo e, particolare da non sottovalutare, per gli argomenti trattati che ci riportano a un periodo storico del nostro Paese che merita di non essere ricacciato nell'oblio e di un'attualità costantemente rinnovata nel tempo.

Sarà l'occasione per confrontare lo stile narrativo d'esordio con quello, diremmo più maturo, dei più recenti libri dell'autore.

Ossidiana

Prima parte

1

... e mi potrei svegliare ogni giorno con l'ossidiana nella mente e i miei pensieri disciolti come la pomice corrosa dal mare.

E guarderei la gente negli occhi rossi dalla sabbia, dove ho scavato le idee del destino, coprendole con cura. Mischiandolo ad un paese.

Mattina. Il sole ha sciolto la bianca cima del vulcano e dalle case dorate, l'uomo ha ritrovato l'essere, dopo averlo smarrito nell'ipocrisia della notte.

Smarrita. La voglia della mia rivoluzione ha perso il contatto con le parole. L'antica reminiscenza è tornata a farmi visita sfiorando le mio onde cerebrali. Il sogno l'ha animata e lei, con parole gravi, mi ha trascinato indietro fin dove il filosofo greco, passeggiando al mio fianco, mi ha venduto la sua arte del vivere in cambio di un po' di cicuta.

La luce ha inciso le tapparelle della stanza, scontrandosi con gli occhi miei persi nel vuoto, ed ho abbandonato l'arsura delle lenzuola di questi primi giorni di giugno.

Dovrò alzarmi, dopo aver dato il colpo di grazia alle paure soffocate nel lago del mio sudore, e prepararmi all'appuntamento della vita incrociando le arterie con il sangue delle persone senza scrupoli e progettare il giorno della speranza.

Dovrò arginare progetti avveniristici del patriziato, ossessionato da mutazioni imprevedibili del nuovo secolo, livellare speranze apocalittiche del volgo, rivendicatore sociale dei miei trionfi.

Ormai è tutto pronto. Il gioco sporco della campagna elettorale è stato portato a termine. Con metodologia, si è provveduto a selezionare l'elettore. Ho sezionato il territorio a scacchiera, tenendo in considerazione l'età con la sua aspettativa e la sua rassegnazione. Ho stretto le migliaia di mani, asciugandole con attenzione tra una stretta e l'altra, ed ho ricacciato nell'ombra l'orgoglio umano per scendere al loro livello terreno, dove i sogni sono solo sputi per terra.

Nelle settimane precedenti, ho studiato i discorsi che toccano la fantasia. Con l'accetta in mano, ho abbattuto il passato dei miei nemici. Le risate di scherno, mischiate alle occhiate d'intesa, hanno colorato i giorni della monotonia. Al momento giusto, le battute in dialetto hanno scalfito l'ingenuità dei paesani, che sono tornati a casa ingrassati d'ironia e di nuovi aneddoti da storpiare nelle piazze. Sulla bocca di tutti, amici e nemici. Un volto impresso nelle menti, incollato sui muri sgretolati. Un sorriso paralizzato davanti all'obiettivo e le parole, tra una pausa e l'altra, a nascondere l'inganno.

Senza palesi falsi intenti, ho gettato le fondamenta della mia scalata all'Olimpo, scalzando con innata crudeltà i probabili avversari.

Senza scuole di meschinità alle mie spalle, da solo, senza il falso cerone del successo, ho sollevato il Tempio della Concordia, cacciando il cristo per raggiungere la gloria terrena.

Oggi aspetterò che la sentenza della mia apoteosi si proclami dal legno stantio delle urne dalle quali, le mani iscritte al collocamento, spalancheranno le schede autografe, pronunziando le lettere di ammirazione, cucite in armonica melodia a comporre il mio nome.

Assaporerò la fredda granita, seduto al tavolo del Bar Centrale, facendomi solleticare le papille gustative dai grumi del verdello. Rimarrò a guardare ancora un po' i corpi inermi dei burattini, nell'attesa della loro riconoscenza. Poi fingerò di non notare le pupille luccicanti sulla mia sagoma. Lascerò cadere sul piattino, serrato dalla mano tremante del ragazzo, la mancia della superiorità.

Mi alzerò con movimenti articolati, attraversando la piazza della bonifica ed, evitando l'impatto con i convenevoli, m'incamminerò verso il plesso scolastico.

Conterò in silenzio, bolognini di pietra lavica che alternano mattonelle di rossa argilla, sui selciati che hanno sponsorizzato il lancio pubblicitario. E fermerò lo sguardo sulle are vuote dei sacrifici umani, sulle quali ho posto le pietre dei futuri ammaestramenti.

Empori cerebrali dove ho piazzato la mia attività di estorsione filantropica, coltivata in anni di oscuro anonimato, tra sproloqui di paese ed anonime intese inconfessate. Esperienza capitalizzata con investimenti ponderati su sprovveduti compari d'umiltà. Infanzie sacrificate alle torri di babele, sulle quali ho lasciato rifugi strategici, atenei di mosaici progetti di proselitismo.

Ho chiamato a raccolta sbandati segregati nell'agonia dell'autocommiserazione ed ho creato l'identità passiva, facendogliene dono in cambio di riconoscenza carismatica che li guiderà. Li ho indottrinati di superbia e ho curato personalmente la lenta maturazione. Concime d'esaltazione ha fertilizzato radici atrofizzate e con il tempo, hanno spaccato la gemma dell'ignoranza per sbocciare in ruoli d'ambizione.

Per me è giunto il momento di vestire i panni dell'onnipotente e ritirare il raccolto della semina. Poi tornerò ad arare le anime. Per seminare nuove speranze.

2

Ho varcato la soglia dell'innocenza facendo ingresso nell'aula del giudizio amorfo e, dall'alto della mia arroganza, sono venuto a ritirare il premio. Ho suscitato sconcerto, ma ciò che è più importante, paura.

La lingua del cane non leccherà mai la mano che non ha bastonato. Il cavaliere proveniente da destra ha diritto di precedenza ed io, barone delle loro volontà, accedo al mio posto per grazia divina.

I saluti e gli ossequi si sono alternati al mio passaggio, chiudendo i rapporti umani in raccomandazioni di gratitudine. Io ho in mano certezze e loro sono ancora ubriachi dalle mie parole.

Il presidente del seggio, con stile sicuro, frutto di altre esperienze, ha dato avvio alle operazioni di sfoglio.

Tutti adempiono al compito assegnato con fredda memoria. Indifferenti allungano le mani su quei fogli grigi, distaccati dal responso che li accumunerà.

Il rumore secco delle schede che cadono sul tavolo, nasconde l'anoressia delle urne dopo l'abbuffata elettorale. Qualcuno si morde le mani nervosamente, le mani che hanno scritto i discorsi propositivi, ai quali non si può più aggiungere convincimenti.

Io le tengo ben strette, l'una dentro l'altra, senza far trapelare la veggenza del momento. Il tempo governa l'attesa. Seduti con i nostri taccuini in mano, scandiamo in liturgica sequenza l'alternarsi dei nomi. Ed anneriamo, come in un gioco enigmistico, le bianche caselle che determineranno la vittoria. E la disfatta.

Curioso lo sguardo degli scrutatori nel tentativo di riconoscere da un esame veloce, l'elettore dalla calligrafia, giungendo a sommarie conclusioni su evanescenti coerenze elettorali. La ricerca razionale di un marchio, che è stato registrato fin dalla nascita. Contratto d'attinenza mai sottoscritto. Nuovi cittadini che appartengono al quartiere, che ha sempre ospitato le loro famiglie. Tirocinio di gruppo per poterne far parte e, successivamente, esserne riconosciuti. Un'identità che assume valenza d'accesso autorizzato ai contatti giusti. Quelli che possono segnare ed inclinare la linea d'andamento nel grafico della vita. Senza scelte apparenti. Bianco o nero. Annullata qualsiasi tonalità di grigio, con operazioni nette all'interno della camera oscura. Si può scegliere per non entrarvi mai, ma si può decidere una volta sola. Non esiste un momento giusto e nessun sintomo da un segnale definito. Quando pensi che non accadrà più, sei già al bivio e hai già dimenticato il percorso precedente.

Bianco o nero. Nient'altro. Libero di scegliere. E di farlo per sempre. Poi, non potrai più tornare indietro.

Fisso. Le strade dalle retine multicolori sfuggono all'evidenza e ripercorro momenti di asfalto molliccio bruciato dal sole, sul quale ho piantato le vecchie e consunte sedie di casa. Seduti, nel tempo delle proteste, cercavamo sulle chitarre scordate gli accordi dei versi deandreani. Lui, con rassegnata saggezza, è sceso per l'ultima volta dal palco, lasciandoci alla stazione dove la locomotiva gucciniana sta attendendo, ormai da anni, che qualcuno la faccia partire. Ma qui nessuno ha mai capovolto la clessidra e l'orizzonte tellurico di quest'estate da febbre da cavallo ha ucciso, ancora una volta, la presunzione di poter plasmare il magma, aspettando che dopo la morte, rinasca la vita.

Mi limiterò a gettare nel cesto i frutti caduti dall'albero, prestando attenzione alle spine dei fichi d'india. Masticherò lentamente per suicidare le ore, perché oggi so che il piatto è già pieno e dovrò aspettare, soltanto, il momento per mettere i piedi sotto la tavola.

Lo sfoglio è finito. Si contano le schede per riempire la pancia alla burocrazia. Mi giungono all'orecchio i primi saluti ruffiani. Il verdetto ufficiale fa il giro delle bocche affamate e, a quel punto, dopo gli inutili commenti di falsi psicologi politici, tutti salgono sul carro della vittoria. Non conta chi ha in mano lo scettro, ma dallo stesso fondo di barile, possono raschiare tutti. Se hanno le unghia.

Sollevato. Mille braccia conducono il mio corpo in mistica processione per le vie della città. Urlanti a confondere la gioia e l'ira, osannando il potere. Oggi si può restare a guardarli. Sentire le impronte digitali tastare i centimetri quadrati dell'essere umano. Domani, con i piedi per terra, sarò il dio del popolo della falsa promessa.

3

Hanno violentato i vetri del Comune ieri sera. Una notte tranquilla senza luna. Poi l'infrangersi della rabbia che uccide la rassegnazione.

Le finestre sono andate in frantumi, trascinandosi al suolo la mia coscienza. Qualcuno mi ha richiamato dal sonno della mia indifferenza, sparandomi in faccia la vita dura e semplice dell'essere umile, in una metafora di violenza: la mano che scaglia.

Ho fatto mio il messaggio e ne conosco l'origine, ma raccolgo anime per le vie e le conduco all'ipocrisia. Investito. Un incarico di cui porto solo il titolo su una targhetta d'ottone avvitata alla porta. Ho realizzato il culto del diniego coatto, soffiando amarezza sul volto che piange e chiede pietà.

Fa parte dell'investitura, la crudeltà delle risposte. Se poi, dalle decisioni scaturiscono vantaggi quantificabili, posso scaricare nel fango la moralità.

Sara era cresciuta sola perché da sola era nata. Figlia di una famiglia i cui membri avevano sempre avuto un numero indefinito, come merce di scambio era stata venduta all'indolenza della povertà. Adottata dalla senilità, aveva ricambiato donando ricchezza alla posterità. Orfana per necessità, non aveva mai ricordato i volti dei genitori e, anche per loro, era stato facile obliare il disagio. Lei, destinata a una vita migliore. Loro, con un problema in meno.

Un compromesso siglato per soddisfare le due parti: Sara ne rappresentava l'essenza per un giudizio di equità. Troppo facile abituarsi ad una quotidiana tavola imbandita. Troppo ovvio non fare domande.

Chi avrebbe potuto mai dare le risposte? Rivendicare soltanto il sacco della Spartizione, era scontato soffocare i sentimenti. Il tempo aveva il compito di fare il resto.

E il tempo non si sottrae al suo dovere. Sola, lo era da sempre. Impossibile qualsiasi dialogo con gli adottivi perché l'età fa sempre la differenza. Loro con l'esperienza delle delusioni e lei con l'ambizione occultata dall'umiltà.

Il piano regolatore prevedeva l'abbattimento di quelle case vecchie e corrose dall'acqua piovana. Senza problemi la giunta l'aveva approvato e il vantaggio che l'operazione economicamente gravava sulla società privata, che dalla polvere avrebbe costruito appartamenti e uffici, aveva messo tutti d'accordo.

Oltre tutto, con falsa sorpresa, nel cassetto della scrivania avevo trovato il compenso per il mio silenzio e per lo scarabocchio in fondo alla gara d'appalto.

Quelle casette traballanti non avevamo mai solleticato l'interesse di nessuno. Sara le aveva ricevute in eredità e n'era diventata la custode.

Pezzi del passato che si aggregano ed entrano nell'apparato linfatico, conglobandosi al futuro per osmosi. Si può comunicare con essi, quando le parole restano appese alle corde vocali. E si può vivere con essi, quando la vita si infiltra dentro i calcinacci, giù dalle fondamenta per risalire attraverso i muri e penetrare nelle ossa, stanche e artritiche, dopo anni di discorsi muti, dentro quelle stanze bianche e atone.

Si può credere che i confini della Galassia siano segnati dallo stucco consumato delle finestre. Si può chiudere le imposte auspicando che le voci del cortile ci rimbalzino su. Si può decidere di fare l'eremita in un paese che si scambia sensazioni con il cellulare, crogiolandosi con la nuova potenza virale, segnata dalle tacche. O lo si può diventare, istante dopo istante, assimilando l'inerzia della gente.

In un mondo che ha deciso di sparire per auto-cannibalismo, aspettare o eludere l'esistenza, rompendo i ponti che collegano ad essa, non fa più esclusività. Operando ecologicamente, si può differenziare l'umanità per stupidità, inettitudine, arroganza, banalità, perfidia, ignoranza, presunzione, concupiscenza, iconoclastia, misticismo. Essenza umana.

Si può aspettare che l'evoluzione darwinista completi il suo trasformare il vivente in un progresso di regressione. O credere che Ra si decida a far ritorno in terra, svelandoci il mistero della sabbia, che ci ha consegnato la Sfinge nella Piana di Giza.

Si può restare ad immaginare che il Risorto ci appaia dai microprocessori che abbiamo creato, comunicarci via internet che il mondo esista solo nel virtuale e che, premendo il pulsante d'accensione in posizione di off, scompariremo tutti.

Si può decidere di farsi coinvolgere in un eterno ramadan. Sedersi tutta la notte davanti ad una tavola imbandita e nutrirsi di umanità, debole e indifesa. Si può credere di morire e traslocare l'anima da un corpo all'altro, trasognando che avremo ancora tante occasioni per ripetere gli stessi errori.

Sara aveva solo se stessa e quelle macerie che continuava a chiamare la sua vita, ma questo non avrebbe cambiato le cose.

Ci sono giochi sporchi ai quali non ci si può sottrarre dopo che si è già deciso su cosa puntare. E se questo calpesta i sentimenti e crea degli scrupoli, non avremmo mai dovuto accomodarci al tavolo verde dell'indifferenza. L'incomprensione è chiamata follia. Ci ergiamo a giudici, sputando su chi, inconsapevolmente, si frappone tra noi e la cupidigia.

Senza pietà, colpiamo chi ha taciuto, ancora una volta. Non esiste defalco che possa creare dei dubbi sulla decisione finale. Niente sconti di pena. Bianco o nero.

Nuove tecniche di implosione hanno coperto archeologia nostalgica. Un ammasso di detriti ha rimesso in moto i bulldozer della mondanità. Gli architetti sono tornati a schizzare papiri con i progetti dei palazzi faraonici. Esternazioni di pomposità neoclassica, in onore di oligarchie postmoderne.

Sara adesso è sotto cura. La puoi incontrare per strada con gli occhi che giudicano, senza guardarti. I cappellini stravaganti a coprire le idee della purezza e vestitini scomputi a sfidare il freddo del mare.

Dov'è l'umano che ha ceduto ai sermoni del Giusto? Dov'è il candore delle mani leucemiche, che accarezzava i cespugliosi capelli della nostra crescita?

Dov'è Sara? Soltanto Sara.

Spesso viene a trovarmi nei pensieri della notte e, in quelle pause, la difesa e l'accusa si associano giungendo allo stesso verdetto. Il potere mi esonera la condanna, ma quando, finalmente, riesco a prendere sonno, il primo raggio ha invaso la stanza e sgretola piano la mia infamia.

4

Dall'onda il pescespada spicca il salto per sopravvivere, colpisce con il rostro la preda e, nella ricaduta, l'afferra con la bocca e si nutre. Lo posso vedere dalla finestra del mio ufficio e scorgo in lontananza le fluttuanti pescespadare dal lungo pontile solcare le acque, in caccia per sopravvivere.

Lontano dai ricatti a tempo delle fabbriche fuligginose, i pescatori rispettano i ritmi della natura che, qui, ha ancora le sue leggi. Non possono permettersi errori. Un rapporto di stima reciproco è sancito nei secoli tra l'uomo e il pesce. Mai un ruolo così definito si è manifestato con tanta chiarezza. Bianco o nero.

Mai avrei pensato che di quella durlindana sarei stato depositario, dopo notti di lampare a petrolio. Paladino di una falsa blandizia, bigoncia di umana fiducia. Mai. Dopo anni di falanghe ingrassate a scivolare vascelli di indubbia prosperità. Ma ho grattato l'argento. Tre Re. Uno, ero io. In baldanza sovrana a godere di un'incoronazione annunciata. Un altro era il monarca della plebe, che ha raccolto saliva arrogante. L'ultimo era Don Santu.

Don Santu amava 'u mari da cuannu avja acchianatu nicu supra a Stella Maris. E avja cadutu a'mmari e so patri l'avja cugghiutu comu a 'nu pruppu.

Scappava da scola e so matri chianciva parrannu cu prufissuri. Santu sinni futtiva. A scola? A scola? Che minchia aju a'ffari ca scola? 'A iiri a mari cu me patri. E Santu scappava, s'iitava da finestra e fuiva. Fuiva, cchiu forti do ventu. Curriva versu a spiaggia, faciva i fossa supra a rrina e si scurdava i tutti. L'amici? I pesci e 'a sciabica. 'A matina s'isava 'e cuattru ppi pigghiari u postu da cala prima di l'autri. E cumannava comu c'avja 'nzignatu so patri e iastimava chi so' omini cuannu nun l'ascutavanu. Iastimava cuannu a maretta isava l'ondi a'botta 'o mari e si scantava ca varca maschiava.

'A scola. Nuddu ci l'avja 'nzignatu, ma sapia cuntari comu un prufissuri. Rinisciva a stimari i cantari di pisci intra 'u saccu da rizza e faciva i parti a fine da jurnata e nun sgarrava mai. 'A sìra turnava a casa e stinnicchiatu supra 'u lettu su so' mugghieri, sugnava di pigghiari 'na ugghia 'mpiriali 'i trecentu chila, ppi fari mòriri a genti da 'nvidia. 'A duminica iiva 'nta chiazza e, sittatu, parrava cu Fubbici Doru ca ci cuntava i cazzi da' genti. Alli voti, s'accattava 'u jurnali e, chianu chianu, liggiva 'a pagina da' politica. I cristiani ù pigghiavanu po' culu e ci diciùnu ca era precisu a Leoluca, l'urtimu re 'i Palemmu. Iddu s'à scialava picchì ppi l'unica vota da' so' vita, ccu dda 'nciuria, si sintiva carchidunu. Appoi si firmava a parrari cchi scenziati do' paisi e s'avantava ppi chiddu c'avja fattu po' paisi. I strati puliti, i musei ppi scoli, i cazzi girati di' galantomini ca avjanu avutu strazzati i carti de l'appalti. Parìa ppi daveru u re 'i Palemmu.

'Na matina vinni in municipiu, u fetu i pisci si sintiva di' scali. I guardie u lassarunu passari. E cu ci putìa diri nenti. 'Nte mani tiniva 'nu saccuddu i plastica. A genti u taliava rirennu e iddu, strafuttenni com'era, 'a lassava taliari. Fici i scala ca carma e, senza tuppiari, trasì 'nta l'ufficiu.

U taliai 'nta faccia ca' nun avja bisognu di diri nenti, picchì i so' occhi parravanu ppi iddu. Pusàu u saccuddu supra du tavulu e appoi mi dissi: "Iu ti pozzu dari sulu chistu, sunnu cincu chila i totani. Sinni voj ancora, dumani tinni portu autri. Autra robba nun tinni pozzu dari. Sugnu sulu 'nu sciabbacotu e aju 'na famigghia 'i campari. Tu solu mi po' aiutari. Iu ti visti crisciri e eravamu amici cu to' patri. Cuannu eri carusu, nun po' sapiri i voti ca ti savvai da' curria i to' patri ppi michiati ca facivi.

Ora sì u patruni do paisi, ora sì tu ca jetti liggi e, ora, iu aju bisognu 'i tia. Aju tri figghi masculi, dui travagghianu cu mia. U terzu vosi studiari e jttai u sangu ppi mannarlu a scola. Ora è diplomatu e passìa 'nta chiazza. A mari nun ci voli veniri. Ci l'avja dittu di veniri a parrari cu tia, ma iddu s'affrunta. A mia ormai di l'orgogliu nun minni futti cchiu nenti. Oggi ci sugnu e dumani cu sapi.

Nun t'aju spiatu mai nenti, ma ora u fazzu ppi me figghiu ca avj ancora a testa 'o jocu e nun capisci ca u tempu passa. Sugnu stancu 'i parrari e iddu nun m'ascuta cchiu. Ci pari ca po' canciari u munnu chi paroli, ma s'ava sintitu forti picchì iu c'aju livatu i castagni do' focu.

Ora sugnu vecchiu e nun c'a fazzu cchiu. Ma è me figghiu, tu sì patri e mi po' capiri. U sai comu mi chiamanu in paisi? Si bastassi chistu, putissi accunzari i cosi chi paroli, ma i'ngiurie nun movunu i carti. Ppi l'anima santa 'i to' patri, fa chiddu ca fari e, prima ca chiuru l'occhi, fammillu vidiri sistematu".

Ca testa calata e chi manu ca circavanu pietà, mutu mutu si ni niscì e 'nghiuttennu l'amaru 'n vucca, mi cunsignò a vita 'i so' figghiu. Ma u destinu è 'nfami. U truvarunu na matina tisu 'n terra supra a spiaggia c'avja tantu odiatu cuannu era vivu. Comu sempri i cristiani, dopu a so' morti, eppiru centu storie 'i cuntari. Dissiru ca sa faciva cu brutta ggenti, ca pristava i soddi a tutti i disgraziati puvirazzi e ca ci sucava u sangu cu l'interessi. Cuarchedunu dissi puri ca si l'avja meritatu. Supra a lapidi, ci si po' leggiri:

CA GIACI SALVATORE CAMMARATA, FIGGHIU DISGRAZIATU DI L'URTIMU RE I PALEMMU.

Minchia, piddia nù votu ppi prossimi elezioni.

5

Passeggio. Lo sciame di mosche mi saltella intorno e finge di comprendere le mie parole sconnesse. Gruppetti di massoni si riuniscono agli angoli delle strade, studiando strategie di scomponimento. Lanciano messaggi visivi, gareggiando con la superbia. Non distinguo più alleati e cospiratori che interscambiano i ruoli e so, che non posso esagerare con la clemenza e la complicità, perché un sottile divario mi condiziona le relazioni sociali.

Obbligato. Scambi di opinioni su argomenti prolissi che uccidono il silenzio, di cui comincio ad avere bisogno. Invadono la mia quiete mentale stuprandomi i ricordi. Valicherei volentieri gli attimi del quotidiano scontato e slegherai l'anima dal falso giudizio, estraendo la parte sana del corpo che è rimasta, impedendole di sporcarsi con il marcio della notorietà. Ho svuotato la struttura molecolare, per riempirla di frasi fatte e progetti individuali da realizzare.

Ho filtrato la materia, ormai impalpabile, del personaggio costruito e innalzato sul pulpito che i piccoli uomini hanno immaginato negli anni, aspettando l'essere disposto alle critiche e agli elogi sedicenti, per un sacchetto di pomice e un collare d'ossidiana.

Ho chiesto al mio consigliere politico se questo è il meritato compenso per chi ha deciso di afferrare il testimone. Scettro della nefandezza innata dell'uomo, con il quale abbiamo inciso sulla polvere le sorti di una comunità, nell'attesa che il buonsenso cancelli le tracce della vergogna. È rimasto ammutolito e io ho isolato il pensiero.

Percorse. Le strade della Storia calpestate impunemente dagli eredi. Popoli cancellati dalla spugna delle guerre. Ambizioni costruite nei templi del potere e delle false verità a giustificare il compiuto. Le puoi ammirare in ogni metro quadrato e ripercorrere le scene che ci avvicinano al passato.

Sangue. Voglio essere l'archeologo della ripetitività degli eventi e scoprire il loculo che custodisce il potere, aspettando che si susseguano i miseri che pretendono di detenerlo in nome di un dio.

Fosse. Scavate nella sabbia e nella dura roccia. Hanno riportato alla vita le rovine seppellite a nascondere gli impacci della Storia. Nomi incisi sulle pareti delle antiche dimore e scene erotiche dipinte, prova assodata della continuità del pensiero. Non ho voglia di riflettere sui passi precedenti.

Raccolgo il lascito degli antenati sul quale ripeterò gli errori, chiamandoli esperienze. Un giorno potrò confrontare i resti del mio operato con quello dei grandi re. Da una parte, la bianca roccia dei teatri greci accecherà la bramosia degli esclusi. Dall'altra, gli inceneritori delle putride paure saranno il segno del mio passaggio.

6

Le tre corsie schizzano impazzite inseguendo sicurezze fallaci. I trapiantati le attraversano alternando salite e discese verso e da ciò che la nebbia lascia intravedere. Esodi che sanno di fuga e di odore di sterco, che invade gli abitacoli in lotta contro gli arbres magiques, lasciano il tempo di gettare un'occhiata allo specchietto retrovisore, rimandando all'ultimo viaggio. Uomini in divisa difendono il margine che divide il dovere dalla follia. Attraverso lenti annerite, guardano un mondo che non riconoscono e giocano a guardie e ladri con i paisà del Duemila.

Pattuglie, che si fermano nella notte, intrecciano dialoghi assurdi con le bambine vestite da Bahia e occhi osservano quelle forme gonfiate dalle basse misure. Verdi. Inneggiano purezze cromosomiche, alzando i finestrini delle auto e rivendicano la proprietà dei ghetti negli angoli lerci della città. La notte. I figli con i milioni a quattro ruote seminano le tredicesime su quei corpi infantili, in nome di prestazioni casalinghe senza risposta. Tutto racchiuso.

Brucia il volto dell'innocente e il fuoco purifica il conformismo, ma le vie sono sazie degli aborti dei puritani, racchiusi nei preservativi.

Quando Carmelo partì per Milano, le migrazioni massicce non erano ancora iniziate. Il tutto si riduceva alle simpatiche figure dei venditori di tappeti, con i quali ci si illudeva di fare l'affare dell'anno. Si finiva, come sempre, a stipare la casa di oggetti banali, che spacciavamo come originali, occultando officine clandestine seminate per il territorio nazionale. Anche le puttane erano solo puttane. Poi vennero i moralisti e, da allora, a turno qualcuno si incarica di coniare i più bizzarri nomignoli. Non è neanche una questione di rispetto. Troppi collegamenti personali ci collegano all'ingiuria offensiva di figlio di...

Carmelo era partito mettendo la voce in giro di aver preso lavoro come netturbino e, con la madre che era ancora nel dubbio se avesse avuto una grazia o una disgrazia, chiuse lo sportello ed entrò nel compartimento libero. Abbassò le tapparelle, si rintanò dentro stendendosi sui sedili e, per evitare noiosi compagni di viaggio, si tolse le scarpe. Accese una sigaretta e, dopo avere assaggiato il vino di casa che il padre gli aveva nascosto nella valigia, ruttò con disprezzo al suo passato. In culo a tutti.

Rinnegare se stesso e storpiare dialetti, non basta a far nascere un nuovo individuo. C'è qualcosa nel DNA che ti lega all'origine. Quando hai toccato le pelli bruciate dal sole e hai visto i calli sotto i piedi dei tuoi giochi da bambino, allora anche il ghiaccio delle mattinate invernali raschiato dai vetri, lo puoi chiamare polvere di diamanti. Sfiorerai le mani ai semafori, facendo cadere la moneta della compassione e sapendo che ogni tuo commento morirà nell'assurdo. Integrato. Eviterai i quartieri dalle belle facciate, dove i topi hanno costruito i nidi. Negozi che vendono discriminazioni, dove il popolo eletto è inciampato sui pezzi di carne delle mine antiuomo.

Cosa c'è di nuovo da quando i comunitari di Italia sono diventati milanesi? Hanno riempito le case di sudisti del mondo, con i loro contratti in nero. Hanno raccolto il denaro sporco nei conto correnti svizzeri, finanziando scambi commerciali d'armi per i paesi tiro-a-segno, preferiti dai marines. E nel loro carnevale ambrosiano, si sono mascherati da Hitler con la presunzione di potersi spurgare nei giudizi.

Dov'era Said con le sue quattro lauree internazionali? Ti ci fermavi a parlare nelle giornate noiose e senza impegni, mentre lui, con umile rassegnazione, cercava di smaltire la cassetta di Eta Beta colma delle sue infinite proposte commerciali. Carmelo ne aveva dimenticato anche il volto.

Quante banconote unte di libidine. Turiste di operatori di viaggio a riempire il vuoto dell'esilio. Nelle cassette di sicurezza, nei codici a barre, sotto i giacigli di pietra. Agli sportelli della disperazione, racchiuse in pezzetto d'oblio e una cartina. Quante, occultate dai vaglia telegrafici spediti a raffica a colmare mille chilometri di vanità. Non resta più il tempo per i sensi di colpa, quando hai la mano piena e il cervello sciolto sul selciato. Zitti. Il silenzio domina il conformismo delle parole.

Stringere limoni da spremere, lasciati a seccare sull'asfalto del perbenismo, mentre le patrie sono crollate in polvere con il muro di Berlino, trasformando l'umanità in gitani satellitari nel mondo delle proprie case. E quando devi evitare spiegazioni, il denaro tappa le bocche per sempre. Il denaro che ha riempito i vuoi a perdere delle ancestrali rinunce, che tua madre ha ritirato senza guardare il colore, riempiendosi la coscienza di encomi.

Mentre l'uomo, con le mani callose, ha frantumato l'onestà di un figlio per amalgamarne la meschinità. Non puoi permettere in eterno, che la goccia sporca del pensiero scivoli e macchi il tuo nucleo. La tua anima ha mutato l'istinto e il lupo ha azzannato la preda del rimorso. Esci dalla cultura della moralità e insabbia il giudizio con lo sdegno. Rincorri il seme della natività perché puoi liberarti dal fango, se vuoi, ma l'argilla ti lascia il segno per sempre.

L'uomo salì sul treno inseguendo gli atomi culturali a comporre l'esplosiva mistura, pronta a gettare scompiglio nelle perfezioni incrociate delle città aperte all'Europa. Salì a riempire il convoglio che unì le angosce, dove la gente abbandonò gli aforismi delle proprie radici, per rinascere cittadino del nord il giorno seguente. Non aveva con se il bagaglio di cartone, eredità del passato, ma il pathos della missione giudicatrice che avrebbe bruciato la rabbia con il verdetto.

Guardava il buio degli occhi della ragazza negra, seduta di fronte. Guardava il rosa delle mani dei compagni di viaggio che cercavano invano un biglietto mai emesso. Il grigio arrogante del controllore che, con sorriso compiaciuto, sprezzava l'ambiente spalancando il finestrino. Propose, l'uomo in divisa, pagamenti in natura, disposto a sacrificare la bella negretta al suo totem votivo.

Guardava l'ombra catturata dal vetro, nella quale leggeva i contorni sfalsati dagli anni, posta a scudo contro il vento delle ingiurie. Ripassava nostalgico la figura in lei rappresentata, illudendosi per un solo istante, che non fosse mai esistito, vigliaccheria. O astenia del vivere.

Trovò la casa del fasto. Un portone color fuliggine si spalancò davanti alla sua insicurezza. L'immagine sciolta di vecchio in un cartello ormai fossile, avvertiva la presenza di un cane da guardia. Il pelo canuto di un pastore tedesco, che il torpore da tempo aveva zittito, lo accolte nel silenzio disarmante di un angolo di una città d'osteria. Dieci passi di formica. I contorni del cortile.

Un macadam svigorito gli rallentò il cammino. Una donna africana sillabava rimproveri a un bambino anemico da una ringhiera multirazziale. Riuscì anche, tra un mormorio meneghino e una bestemmia meridionale, a sentire il rumore del mare. Pigramente, con il timore di arrestare l'eclissi, avanzò colmando il divario che lo separava dalla modernità di quella civiltà che rifiutava di adottarlo.

Entrò con il passe-partout del portiere e attese sereno la sua apocalisse privata. Immobile. Ascoltò il messaggero quadrifonico ruotare per la stanza a disseppellire i ricordi. La sera. Lo scricchiolio della chiave interruppe l'ipnosi. Una foto sbiadita lo fissava negli occhi. Con pacatezza, spogliò la figura e, da quell'arcobaleno monocromatico, si ricompose l'immagine del figlio.

Addensamenti di colore. Epidermide che disorienta. A sua immagine. Si era metabolizzato il momento e, adesso, a qualcuno spettava parlare. Attese, attese. Attese. Ma nessuno parlò. Si sarebbe accontentato di un secco "fattiicazzitoi" dei bei tempi, quando ai suoi tentativi di connessione, riceveva accessi negati.

Lo ricordava con i capelli neri a fimminedda, con le lacrime agli occhi mentre l'amico Spadino rovinava il filo delle forbici, nel tentativo di vedere il loro colore. Lo consolava, o credeva di farlo, con il proverbio delle sue calvizie "Capiddi e guai nun mancanu mai". Lo ricordava con la camicia rosa e i pantaloni rossi, sculettante a esternare la femmina dentro, con voce puttana. Aveva abbassato il finestrino per comprendere meglio l'eloquenza di quel "coso curioso". L'aveva compianto nella sua richiesta di un Verdi consunto a saziare astinenza forzata da cibo e ambiguità. Quel giorno aveva finto di non riconoscere quei connotati diafani, che componevano il mosaico spermatico di un erede. Aveva ucciso il gallo biblico per impedirgli di intonare la metrica sonora di un rinnegamento. Ma nessuno parlò.

Rimase lì, ad accarezzargli i capelli, colmando con il palmo della mano, la tempia che sgorgava linfa vitale. Con la spranga insanguinata, che giaceva a terra, pronunciò sottovoce le parole del suo inno alla giustizia: Bianco o Nero.

7

Lo trovai seduto ad aspettarmi, mentre giocherellava con la siringa in mano. Attese un attimo che io mi fossi ripreso dallo stupore, poi sorridendomi come a volere occultare la mia ingenuità, s'iniettò il siero dell'abbandono e mi disegnò negli occhi l'invito a unirmi al suo volo.

Evasione. Ho voglia di sciogliermi in molecole e penetrare nel suo cancro a nutrirmi di eroina. Alitando vita a questo ammasso di carne e ossa e capelli unti e vene profanate e denti e mani e itterici e jeans bucati e ginocchia nere e anima sputata a terra.

Ho voglia di restare ad ascoltare le sue storie acide, piene di verità che ho saputo non conoscere. E viaggiare sul metabolismo dei ricordi, quando il sangue macchiava per motivi più infantili.

Distesi. Restavamo sulla spiaggia, nascosti dalle barche a seccare al sole e costruivamo il mondo di domani con le nostre competizioni di virilità.

Ragazzini. Con il pelo canino sulla faccia, accecavamo le urla dei nostri padri che bestemmiavano alla povertà. Con i nostri membri in mano, ci attribuivamo l'esperienza dell'adulto, trasognando avventure erotiche nella paura dei nostri cessi. Siamo cresciuti rincorrendoci nell'inquietudine di una storia più vera da raccontare. Siamo cresciuti invidiando lo sfoggio del disprezzo e la presunzione di essere i privilegiati in un miraggio già dimenticato, con le nostre tessere della FGCI.

Ore notturne con il culo a righe sulle panchine delle piazze, a difendere con gli idiomi, diritti offesi dei lavoratori. Noi, con il rosa dei nostri cartoncini del collocamento. Ci avviavamo la mattina con il fegato disfatto dalle sigarette e i caffè bruciati dal sonno a giocarci la giornata, con la vanga in mano e lì, a provare a toccare con lo sguardo il contatto con l'allucinazione.

O aggattati sulle sedie in vimini delle sezioni di partito, a inventare parole per sommosse in controcorrente ai tavoli verdi di mistificazione sui quali, uomini di panza e forze del disordine, hanno giocato con la saccenteria, puntando i frammenti delle nostre intelligenze.

Dovevamo restare a contemplare il silenzio della notte, offeso dalle cazzate dell'adolescenza e scimmiottare i perduti della piazza con le loro mani incrociate dietro la schiena, mentre inscenavano l'oratoria della cultura.

Pezzi incalcolabili di interpretazioni con i seguaci a elemosinare fedeltà. Guinzagli sciolti a elargire appartenenze dalla melma dell'anonimato. O dovevamo chiudere la serata con la solita passeggiata sulla spiaggia, a suggellare il nostro messaggio al mondo con i nostri puerili "pisciamoci sopra".

Ma una sera mancasti all'appuntamento e ti vidi salire sull'auto della dannazione e, in un millesimo di secondo, la traccia magnetica della mia mente mi riportò su quella strada buia, dove lasciai i tuoi occhi demotivati sul selciato, desiderando la tua morte.

E quella volta alla nostra visita all'idoneità al servizio di leva, quando vivesti l'esperienza di un primo buco all'esame del sangue, rovinando a terra nella pozzanghera dell'indulgenza, rischiando l'embolia.

Oggi mi sei di fronte. Ancora assente. Con le tue spade sparse sulla scrivania e l'emoglobina a macchiarmi l'anima. Mi conduci alla tua follia e mi fai complice dell'indifferenza. Abbiamo scritto capitoli diversi di una stessa vita, l'augusto e il miscredente, uniti al cuore come fratelli siamesi. Abbiamo lasciato nel profondo delle emozioni l'egoismo di una lotta per la sopravvivenza, cercando incentivi diversi per plagiare la noia.

Adesso voglio vedere l'acqua marina spaccarti la bocca, ascoltare i tuoi racconti allucinogeni di mesi sperduti a inghiottire miraggi. Voglio convivere il tuo risveglio e confrontare la tua diserzione con la realtà del mitomane. Avremo lasciato l'apatia al dolore dei nostri padri, per tornare a competere e ad urlare l'ironia in faccia agli anziani dell'empirismo. Con le espadrillas ai piedi e il poster di Berlinguer a staccarsi dal muro umido delle nostre stanze.

Torneremo. Tu, dal tuo ennesimo safari insano. Io, a manifestare autorità dalla segregazione del mio palazzo reale. E, quando lo faremo, scopriremo il buio delle idee che ci separano, il delirio che ci unirà per sempre.

8

Un giorno hanno chiuso la porta. Seduti, con i denti ingialliti, hanno vomitato il pasto dell'ignavo. Masticato. Hanno gustato il momento dell'abbondanza in un'orgia di dignità e, adesso, sono pronti a rivendicare nuove pretese per organizzare la cerimonia dell'amnistia. Carte. Polvere incollata sui tavoli del digiuno oltraggia con irriverenza, le menti pensanti e angustia l'ultimo barlume asmatico del non senso.

Si procrastina l'ora della spartizione, con le bocche dei sacchi bene aperte. Rido. Il disgusto ha mischiato i caratteri genitali e la bacheca rivelatrice mostra il foglio dell'adunanza:

CONSIGLIO COMUNALE. ORDINE DEL GIORNO: IL GIOCO DELL'OCA

Se mai ne sentirò il bisogno, ascolterò parole erudite, auspicando la nascita di un discorso logico dal parto cesareo delle loro ottusità. Li voglio vedere con mille watt a liquefare le cellule cerebrali davanti allo schermo, sventrando telecazzate con il loro porto d'armi abusivo. Li voglio vedere impacciati a masticare parole, fiaccando i dieci grammi di cervello in una improbabile annunciazione di senso compiuto. E li vedrò affogare nei loro condizionali e scomparire nell'etere, sfiorando telecomandi.

Hanno provato a farmi sfilare da Cesare per le strade della cospirazione. Angoli intersecanti coinvolgono moderni pitagora in cateti che racchiudono falsi alleati su barricate di ipotenuse, sulle quali ho edificato castelli normanni a picco sul mare. Flotte di balbuzienti, truccati da saraceni, assaltano il palazzo di pomice ma recipienti di ossidiana fusa li respingono.

Infanzie bruciate a corpicini nudi che corrono nei viottoli, braccati da madri che reprimono le crescite. Ci siamo alternati nei processi evolutivi, appagandoci con le pietre lanciate in aria, decantando futili ambizioni in un profondo disincanto. Ma adesso non basta più.

Vogliamo saziare la perversione, con un tocco d'arroganza e ci apprestiamo a sfogliare documenti accatastati. Con indici anneriti, attendiamo fiduciosi ricompense scontate. Continuità. Conosciamo strategie di placenta. Noi, procreatori ermafroditi, sapremo erigere idoli di cartapesta da far sfilare su carri cigolanti nei carnevali della nefandezza.

Giocherellando con le stilografiche tra le dita, disegniamo cerchi grotteschi dove confinare disperati in graduatorie di valutazione. Assegniamo, tra compromessi di spartizione, diritti razziati alla costernazione. Prenderemo atto delle leggi di mercato. Noi. Venditori ambulanti di provette di citoplasma, abbiamo scritto a matita la vita degli umili, cancellandola con la superbia. E siamo stati cacciati nel mito, dove i polifemi continuano a scagliare faraglioni contro la cecità degli stolti. Scostati. Abbiamo lasciato le comode case del popolo e, siamo qui, a scaldare poltrone di finta pelle sudata, improvvisando dibattiti su progetti avveniristici, portatori di equità economiche. Edificazioni. Auditorium di epoca classica, dove l'eco del disprezzo rimbalza sulle pance vuote.

Acque minerali a soffocare focolai di coscienza, annacqueranno belle parole da sbronze di snobismo, mentre lo scoglio sgretolato dal mare, accumula la sabbia nella quale sprofonderanno le nostre inutili esistenze.

Risalirò dall'apnea dell'astrazione, dove rughe umili hanno disegnato percorsi perturbati, senza mappe di semplificazione. Guiderò seguaci con i vuoti a rendere custoditi nei loro zaini. Colmerò lacune di idee strappate all'adeguamento. Sarò la voce degli ipocriti, nascosti da culture assecondatrici, nei rifugi segreti che hanno ghettizzato il nero del passato con il bianco delle loro intelligenze.

9

Né carne né pesce. Un'auto rossa mi sfreccia dentro. Sento gli ingranaggi del cambio accelerare sequenze di vita distratta. Vie cittadine percorse che sciolgono nodi di palazzi imbellettati, con le loro giungle sulle terrazze nascoste dallo smog ad agonizzarle.

Né carne né pesce. Sorride mentre ammira estasiato l'avorio contraffatto dei suoi denti a specchiarsi sullo specchietto retrovisore, che non gli sa più mentire. Sorride e mi rivendica anni di parole sparate sui muri, accanto a periferie metropolitane dove ha corso a piedi nudi verso super cilindrate che hanno sporcato l'aria dei suoi sogni. La stessa, della quale adesso, pensa di non averne più bisogno.

Né carne né pesce. Comincio a temere la spavalderia delle sua risa che percuotono le mie tempie e, nel silenzio fugace, chiamo la volante dietro l'angolo, ma nella piazza la gente spaventata ha cominciato l'ora del buio.

Né carne né pesce. Hanno cercato nelle caverne tetre delle loro anime, mummie congelate tornate in vita, per ampliare i confini di schiere di addottorati, custodi attempati di antiche verità, disegnate sulle fredde pareti.

Né carne né pesce. Ha esploso la sua risata a intrappolare corpi umani in templi futuristici. Continua a parlarmi con il suo dialetto da galateo, coniando pensieri di fantasia da toccare con mano, se si ha voglia di farlo.

Né carne né pesce. Un giorno lo faremo scendendo per l'ultima volta da un'auto parcheggiata sul bordo della strada, sulla quale abbiamo cancellato l'infanzia con musica psichedelica e fumo violaceo a satanarci le emozioni. E lo faremo, dopo esserci abbagliati, dal lato scuro della luna.

Né carne né pesce. Continuo a chiedermi se non ucciderò mai la conformità con le folli saggezze dei suoi discorsi confusi nei quali, il normale si mischia al patetico, il buonsenso all'oltranzismo. Il dovere al desiderio.

Né carne né pesce. Continuo assordato ad allontanare la prassi del mio incarico. Armo la mia ignoranza con progetti respinti da mutamenti stravaganti, in sintonia con perfetti stili di vita. Li fa suoi nella confusione dell'adolescenza. Mi racconta di famiglie numerose, nelle quali, non ricorda e non riconosce i connotati. Mi nostalgica con mani troppo piccole per stringere il nulla.

Né carne né pesce. Viaggi fuggenti, consegne allucinogene, paure masochistiche. Ha trasformato i sogni in realtà di stomaci gonfi, correndo – adesso ha le scarpe – su selciati induriti che nascondono le orme. I suoi capelli laccati a lucido: li tocca, li pettina, li conta. E sorride.

Né carne né pesce. Ha respinto dal suo breve passato, idiomi antichi di antica saggezza, masticata nelle teorie aristoteliche di nuove filosofie del vivere. Partorite su scalini di noia, impresse negli attimi del silenzio notturno, nell'attesa dell'astro che accende l'orizzonte. Montare sui motorini truccati, solcare vinelle sterrate, inseguiti da stanchi ululati di cani.

Né carne né pesce. Sfiora la dura gomma l'asfalto cedevole. Continuo a respingere attacchi di progetti ossidianici, che sanno di carta della zecca, ricercata nella gloria della spazzatura, dove coprirò i corpi degli illusi con il mio sacchetto di pomice. Poi inciderò la massima del suo giudizio: né carne né pesce.

Ogni fine settimana, con l'auto truccata da turista, nelle ore delle partenze intelligenti, lasciava la cappa stantia dei misantropi. Diretto verso i lontani confini delle riviere delle vacanze mordi-e-fuggi, si camaleontava tra perizomi e siliconi a forma di madri, scrutando con lenti annerite sugli occhi, cenni di liposuzione. Con la quinta inserita, il pedale a tavoletta, tagliava l'ossidiana dell'Autosole, schivando pomice di ricordi che sapevano di senilità. Metabolizzava percorsi definiti, telecomandando la vettura con l'impellenza degli anni, che sfidano il nonsenso.

Lasciava a casa l'immagine sbiadita di una ragazza bionda che, nei momenti di crisi shakespeariani, riempiva i vuoti a perdere di un nuovo sentimento, frutto di noia-abitudine di una storia iniziata troppo presto, assaporando assuefazione.

Lasciava la sua vita inflazionata di provincia, là, dove non eri nessuno se non rappresentavi appartenenza. Dove i volti sono circuiti elettrici con le ribellioni bruciate dal livellamento sociale, dove lo spazio è stato matrioskato da vuoti serbatori di punk ultima generazione e da teste mai riempite da fenomeni.

Lasciava le ore interminabili di domeniche da letargo, con gli occhi rossi a vomitare fantasie pompeiane su ritratti erotici da ventuno pollici. O di miliardari in casacche ad illuderci che possa esistere un modo diverso per combattere le guerre.

Si maiorcava nei grigi spot delle corse capitalistiche, su auto prese a prestito dai bassi consumi polmonari. E riaffiorava per assaggiare nuove essenza di carne umana, arrostita dalla mucillagine. Fumata in enormi lidi artificiali, dove si può rimanere a distanza di sicurezza, protetti da reperti archeologici, innescati a tempo.

Un ghigno di speranza il quotidiano anonimo delle fughe dai quartieri, con le loro telenovele dalle multimediali evoluzioni nelle quali annaspava, ora protagonista, ora spettatore, smontando arcaiche esistenze, tra un casello e un autogrill di riflessione. Ospiti sgraditi nei pensieri di aspirazioni, a dominare mentalmente il suo contatto astratto con il mondo.

Personaggi. Contare lacune di un ideale per percorrere strade parallele, sfiorando il disgusto dell'umiltà. Umanità divisa. Crani rasati, idee spazzate nei saloni dell'adeguamento. Comunicazioni intercettate nei baratti pseudo-intellettuali, a sfoggiare titoli culturali che non creano differenze, quotate in borsa. Palloni pubblicitari di iniziative umanitarie. Solidarietà filosofiche e scienze di sopravvivenza. Distesi. Unti granelli di sabbia su laiche sindoni che cancellano i ricordi. Si ammassano in dune protettrici, cacciando invasori del passato e minacciosi aggressori del presente. In mezzo a cicloni selettivi, si può decidere di rappresentare l'accensione della specie o riempire le fosse comuni del sacrificio.

Riccardo aveva scelto la parte del burattinaio. Distaccato. Le mani linde del figlio di buona famiglia, umile ma onesta, secondo i canoni dei nuovi copioni sociali. Di giorno, si anneriva le unghie nelle officine torride dei laminati. Di notte, incatramava le anime incise dei padroni del mondo della disco-music. Senza timbrare il cartellino.

Lo potevo osservare tra le figure in controluce, astri lunari, giani esaltati a mostrare forme cellophanate in speranze di conservazione. Con il ciondolo penzolante all'orecchio, slalomava animali spenti, vaganti nello spazio della commiserazione, nell'attesa di brillare della sua luce riflessa, assorbendo cachet estasianti.

Sui suoi stivali appuntiti, neri e ricamati, distribuiva le offese alle teorie autogene, rinnegando modelli educativi e scalate sociali. Accudiva con attenzioni materne i suoi figli disfatti, ricomponeva la loro materia argillosa, picconando incertezze in cambio di cervelli itterici. Ammiravo la sua fermezza. Il suo personale senso del dovere. Non potevo giudicarlo senza contraddirmi. Cedeva virtualità da opporre ai dubbi ereditati, senza scelte discriminanti.

Cercavo differenze didattiche tra i nostri modi di vivere. Aggrappavo la moralità nei comizi di piazza, con i quali sperimentavo teorie di salvezza che mantenessero tranquillità di paese, garantendo fallaci sicurezze. Parallelo. Avanzava con il suo mestiere di battitore d'asta. Attraversava cupi labirinti, dove vite selezionate intrecciavano i destini, giocando al ribasso i giorni monotoni dell'apatia.

Riccardo levigava asperità di insuccesso, offrendo a tutti l'unica inflazionata via di fuga. Avrebbe potuto riciclare pantaloncini corti nelle bustine della solidarietà, in cambio banconote nefaste dalle mani nere dell'assurdità. Avrebbe potuto percorrere strade secondarie e sporgersi dai reticoli di protezione, scagliando roccia assassina giù, sui parabrezza delle auto in transito a velocità ottimistica.

Avrebbe potuto rincorrere motori a sei cilindri, proiettati contro gli alberi sagomati e provare a foto sintetizzarsi con la clorofilla secolare, illudendosi di respirare aria nuova. Avrebbe potuto mascherarsi con la sciarpa variopinta della distinzione. Aggregarsi ad altri migliaia di folli spacciati per tifosi, sugli spalti ululando ai miliardari sopra l'erba, tra un cordiale e un petardo ben lanciato.

Avrebbe potuto stendersi sull'asfalto, nelle notti gelate dell'azzardo, al centro della careggiata emancipata. Aspettare il carnefice a quattro ruote a decapitare la noia. Ma Riccardo era vissuto nei quartieri delle rinunce, uccidendo l'infanzia giocando a fare la persona adulta con i ninnoli raccattati a terra. Montava sulle carcasse abbandonate e scolarizzava sogni di partenze di solo andata.

Allenato negli anni degli stracci rimboccati, con le scarpe da basket si staccava da terra senza particolari ambizioni e si librava in volo a realizzare tap-in nei vuoti bidoni della spazzatura. Cancellava gli idoli del quotidiano e gli eroi dalla canottiere sudate, sulle spalle i loro hi-fi portatili a inondare auto smarmittate con i cantanapoli masterizzati di contrabbando. A squarciare il silenzio del mattino.

Avrebbe potuto contare gli anni che passavano, con un destino già scritto da lattaro e con le bestemmie di suo padre nelle orecchie, immacolando appartamenti con il ducotone e coltivando pennellate impregnate di odio da restituire al padre come un qualsiasi figlio ingrato, ma era già stanco delle battute d'osteria che, ogni mattina, era costretto ad assorbire su quel pulmino di miseria, in mezzo a quella nebbia cristallina che surgelava le utopie. E quella cazzo di brioche stantia che a stento riusciva a occultare l'amaro sapore del caffè annacquato.

La sera si adagiava dentro la vasca e scremava l'acqua con il bianco del suo lavoro. Si lasciava scivolare sul fondo e, fantasticando ad occhi aperti, attaccava il primato mondiale di immersione n assetto variabile. La sua segreta passione si materializzava e, in quel momento, riusciva a vedere i pesci pappagallo nuotare tra le sue gambe e la foca monaca eiaculare all'estinzione. Si meritava di più. Fuori. La mente lo conduceva lontano verso i decibel alterati e ritmi sincopati delle discoteche cubiste, là, dove poteva smerciare autoaffermazione in cambio di acque meno profonde. Il mare, intanto, si era appisolato. Poteva solcarlo su gozzi da passeggio ed evitare scogli affioranti, raccogliendo datteri da proibizionismo, gustando la dolcezza del potere. Dentro. La ragazza bionda, con i suoi occhi verde nostalgia, tagliava la penombra della solitudine e, investendosi del ruolo di missionaria della consolazione, riscaldava i pomeriggi uggiosi offrendo accoglienza lappone, in una stanza arredata di emarginazione. Riccardo, intanto, aveva già accelerato il suo destino con le sue corse temerarie sulle autostrade dagli infiniti cantieri abbandonati, portando a termine il suo lavoro part-time di fine settimana.

Lo arrestarono, una domenica di ferie. Era rimasto avvinghiato all'esile corpo della ragazza, il giorno che aveva deciso di deporre le armi per il suo meritato riposo. I carabinieri avevano saccheggiato l'appartamento, trovando due pistone nascoste dentro un armadio di un polveroso sgabuzzino. In quell'istante di rassegnata paura, aveva percorso con le dita le curve fredde del piacere, sapendo di averlo fatto per l'ultima volta.

Lo andai a trovare in carcere. Mi apparve con lo sguardo di chi volesse trasmettermi un messaggio di un evento momentaneo di difficoltà, pronunciando parole da profezie da Nostradamus con un eccessivo tocco d'ottimismo. Mentre mi martellava il cervello con i suoi progetti futuristici, la mia attenzione si concentrò sul tatuaggio d'esperienza inciso sul suo braccio destro, che conteneva l'epitaffio:

LA VITA È UNA GRANDE SCOPATA

Spetta a te decidere, se metterti davanti o dietro.

10

La roccia rosa taglia i raggi traversali del sole che oscura lentamente il cielo forbito. Il giorno scompare alla mia vista in dissolvenza, lasciandomi solista autodidatta di strumenti espressivi di solitudine. La musica lieve di Kaballà conquista sul pentagramma le aride considerazioni dei miei pensieri. Provo a progettare itinerari chimerici in improbabili futuri di ottimismo.

Ho i piedi saldati al terreno poroso e sfuggo alla coerenza delle mie azioni, esplorando ricordi sconnessi. Defezione. Occhi ipnotici mi scavano la mente, mentre provo a soffocare il rimorso del gesto mai fatto. Due mani tozze coprono il volto del discernimento e affiorano dall'abisso reminiscenze del passato. Mi inchiodano su croci di ossidiana, cancellando il mio nome dalla cronologia degli eventi di un tempo che, con fredda memoria, ho frantumato in polvere di pomice da far spazzare dal vento.

Saranno gli uomini a ricomporre il mosaico, con movenze ponderate. Frammenti di un racconto che indugia una fine, pensata in gesti trattenuti mentendo alla volontà di dilazionare un dovere. Tenebre. L'inverno è padrone. Restavamo intorno alla candela in nostalgica atmosfera, allontanando idealmente la resurrezione del giorno. Ci impossessavamo delle buie storie dei nostri nonni, ci contaminavamo di depressione sfiorandoci nella penombra di un improvviso distacco di corrente elettrica. E mentre la cera scivolava lentamente a toccare il piattino di caffè che sosteneva la fiammella tremante della candela, prendevamo contatto con i fili di rame di una lampadina, votata all'evoluzione.

I tuoni annullavano il silenzio e, tra un fragore e l'altro, la corrente elettrica tornava a dare segnali di presenza. Il più delle volte, si congedava definitivamente per tutta la notte e, il giorno seguente, le lampadine impolverate ci riportavano al secolo delle grandi idee. Allora staccavamo i contatti e ognuno di noi fantasticava con la Storia. Si ricomponevano tasselli di vita vissuta di altre notti dai volti confusi, cancellati nella maschere invecchiate. Si lievitava verso nuove dimensioni, pretendendo che fossero migliori.

Giocavo con la sedia in vimini e incidevo nomi mitici di condottieri da emulare. Segnavo tappe da esplorare, che mi avrebbero condotto verso mete di ambizione. Lo facevo coinvolto dal misticismo di quelle pareti oscure, che mi rendevano complice di destini sottoscritti, nei soliti primordiali progetti familiari. Guardavo la sagoma adombrata di mio padre, con la sua espressione di uomo di successo e prendevo atto, con distaccata partecipazione, del solco tracciato che mi sarei limitato ad attraversare.

Definito. Passività decisionale su frammenti di esistenza, che ho barattato per una stele di ossidiana, sulla quale ho permesso ad altri di incidere la cronaca. Non ho potuto bloccare la mia crescita, con le sagome che la mia fantasia disegnava di notte sui soffitti. Non ho avuto il coraggio di scendere per strada, a macchiarmi di umanità. Non mi hanno concesso appelli di umiltà, con la quale avrei esternato ipocondrie controcorrente.

Ingenuamente, li ho lasciati ingabbiare la mia evanescenza e sono rimasto protagonista di avventure mitologiche, nelle fughe dalla realtà di una adolescenza che ho creduto di poter trattenere.

Senza risposte, l'illuso osserva il vessatore, rivendicando dettami comportamentali che possano giustificare il suo agire spartano. Senza sorrisi, la vittima sacrificale inneggia al rito che glorificherà il suo popolo. Senza reazioni, ho subito il lavaggio del cervello con il pretesto di salvaguardare la specie. Ed oggi, utilizzo prepotenze ereditate dal passato, cancellando dalla lista degli antagonisti, il nome dei compagni di infanzia.

Ossidiana. Annidata nelle pieghe della costernazione, alleata alla crudeltà, non mi stimola più il battito del cuore che, con misera pomice impalpabile, resta passivo agli eventi che completeranno la mia spoliazione.

Domani. Contemplerò i passi pesanti che da essere umano sarò costretto ad encomiare, trascinato negli incubi delle false certezze. Prima, però, voglio avvelenarmi di nostalgia. Voglio ricordare momenti di innocenza, dove ho lasciato il mio corpo abbandonarsi. Dove ho potuto sorridere ai veli degli sguardi, che enunciavano la mia uscita di scena.

Fuori. Dal mondo delle cose già viste. Ho cercato mura di follia, sulle quali rimanere aggrappato, mentre le menti pensanti scrivevano la mia vita. Reminiscenze scolastiche, compagni d'adeguamento, nozioni mnemoniche da tenere legate con spago lercio ed indifferenza. Ed ancora, tanta solitudine.

Imperio ereditato, mi fiacchi la volontà della comoda poltrona della stizza e mi circondi di senatori romani. Offrimi la personale campagna reazionaria, che saprò riversare nelle mani delle schiette, alleate visioni delle mie pause al barbiturico. E ti ripagherò con antiche filosofie di pomice depositata nelle aule vuote, invase da dirompente cultura ossidianica.

Immagini perse nella memoria. Ne focalizzo le sagome angustiate e il timore della contestazione. Improvviso le trame strutturali che mi aiuteranno ad affrontare il quotidiano, quando padrone di scelte, selezionavo compagnie opportunistiche con le quali mantenere le relazioni sociali. False, ma necessarie.

Hanno colmato il vuoto dei giorni, tra le ricerche di identità. Affinità indispensabili. Scambi verbali su argomentazioni fallaci. Monotonie esistenziali che convocano a raccolta gli uomini. Appartenenza. Gruppi di teste rasate armate di nazionalismi, mi incrociano nella noia. Combattevo battaglie politiche nelle piazze della puerizia e colpivo arroganze di dominio temporaneo, al quale ero destinato a subentrare. Un'altra ambizione comandava il mio istinto. Un desiderio di rappresentare alternativa a decenni di sudditanza appiattita.

Barricati. Aule annerite hanno compresso le ideologie. Occasioni staccate dai muri, possedute da satanici rivoluzionari. Ce ne siamo impadroniti in nome dello sconvolgimento e le abbiamo racchiuse dentro sacchi vagabondi di conquista. Siamo partiti verso esperienze cosmopolite, con il nostro esperanto da playboy e abbiamo raccolto esperienze da aspirare in spinelli di saccenteria.

Al ritorno, bigotti seduti ai tavoli del bar hanno rivisto migrazioni sperimentali in cerca di stimoli innovativi. Sprezzanti, abbiamo ripreso i tomi della scienza marginale, distruggendo i miti del passato con le nuove interpretazioni del futuro.

Rappresento, adesso, guida istituzionale e gestisco le apatie di megalomani, racchiuse in magazzini di viltà. Ma non lo sono stato per sempre. Ho miscelato embrioni di origine dubbia, all'interno di geni prolissi da clonare in contemporanei simulacri. Vi ho aggiunto le discendenze programmate, che giustificassero le scelte di qualità nelle future manifestazioni esistenziali. Edonismo epicureo, catapultato nel presente.

Mi sono mischiato agli altri. Con l'entusiasmo dell'ignoranza, mi sono iscritto alla caccia al tesoro in cerca di arcaici elementi della società moderna. Con le loro regole d'oro, ho studiato geroglifici da interpretare per i futuri passaggi generazionali. Ho osservato i volti corrugati dei detentori del potere, mentre omologavano le nuove teorie del compromesso.

Ho affinato l'arte del misticismo, partorendo apologhi della mia personale creazione. Unendomi ai brandelli superstiti della distruzione intellettuale, ho disposto ordini sincronizzati per i nuovi modelli di estrazione sociale. Sui carrelli cigolanti, hanno riempito lo scrigno con ossidiana. Li ho ripagati con visioni oniriche seppellite nella pomice.

Ho calpestato le carrozzabili con la mia biga, ammortizzando sussulti eccessivi di esaltazione, scartando i suggerimenti di moralità e, adesso, mi tocca l'incombenza di indicare la via oltre le colonne d'Ercole. Timorosi, sudditi dell'indolenza, cercano ancora le mani degli assassini che hanno minato il ponte che collegava il mondo alla bramosia dell'astratto.

Stavo in mezzo alla morte delle ideologie. Odissea tra volontà represse e lussuria notturna. Li ho raccolti sotto i palchi delle tragedie che non hanno mai voluto rappresentare, li ho sottomessi a nuove educazioni di vassallaggio.

La coda degli inerti si allunga. Ricompense mai manifestate macchiano di nero l'ozio del mio mandato.

Ho voglia di vomitare...

Seconda Parte

11

Tavola rotonda. Le sedie disposte a cerchio, riscaldate dall'impotenza. Raggi accecanti che si incrociano, mantengono la distanza tra di noi. Con le esperienze personali di vita, enfatizziamo i giorni delle oratorie, davanti a un segno di animosità che ci osserva dal centro della stanza.

Autoconvocati. Lunghe ore propositive di politica d'ampi spazi. Vuoti intellettivi verniciati di slogan e rappresentanti pretenziosi di innovazioni. Dibattiti. La figlia dei fiori si inebria con le parole del docente Nando. Anche adesso rimane aggrappata alla musa ideologica dell'orfano di stato. Si copre gli occhi che nascondono morti risorte. Lo stesso disturbo gastroenterico di sempre. Poco più di un decennio e si ritorna a contrarre il virus.

Ci eravamo costituiti, provenienti dalle ingenuità giovanili, accomunati da una voglia di riscatto. Esternavamo le personali esperienze, senza scambiarci interpellanze. Evitavamo le verità nascoste dalle parole di circostanza, diretti verso la città del miraggio. Collegamenti televisivi documentavano le iniziative e gli incontri, nei freddi teatri di periferia. Pretendevano consensi.

Donne impellicciate seminavano illusioni comuniste e copulavano con fascisti riciclati, nelle fiaccolate che ansimavano odio contro i garofani appassiti, passati di moda per incoerenza. Cosmopoliti. Il figlio del figlio del '68, dalla penna facile e la bava tra i denti, tagliava il silenzio con i discorsi di educazione politica e, dietro i suoi capelli biondi, stilava la tesi per la laurea al trasformismo. A turno, lo abbiamo sostituito sul crogiolo ammonitore, con gli appunti uniti in sentenze preconfezionate, pronunciate con inflessioni dialettali sotto un nuovo cielo di Maastricht. Abbiamo siglato impegni con in mano le fiaccole della protesta per le strade di Milano e nei moderni vespri siciliani di Palermo.

Ci siamo ritrovati sotto lo stesso stendardo, contro lo stesso ideale tangentopolista, per raccogliere arance da lanciare al nemico, da debita distanza che non ci facesse esporre oltre il dovuto.

Occasioni di incontro. Sere di stalattiti con le mani unte di cartoni da pizza d'asporto. Stress cittadino da scaricare per strada, come rifiuti nucleari. Diversi. Saziati di orgoglio, abbiamo sporcato le vie con gli adesivi propagandistici, urlando alla gente che mostrava diffidenza, la nostra certezza del nuovo, che credevamo di rappresentare.

Testimoni di un inedito geova, abbiamo distribuito volantini A4, macchiati dalle parole raccattate nei comizi condotti dai cavalieri di sapienza democratica.

Nei congressi nazionali, nelle città dei grandi dibattiti politici, nelle aule universitarie, ci siamo abbandonati a cene apolitiche da consumare con un ritrovato ottimismo. Perché noi eravamo nel giusto. Nel frattempo, mani inasprite hanno zittito per sempre il gallo del risveglio. Gli uomini. Bruciati alle quattro del mattino, sono ancora lì a dissodare speranze.

Cosa daremo in cambio alla loro nuova coscienza popolare? Suicidi disoccupati.

12

Il richiamo alla vita ci aveva svegliato, quella calda mattina di primavera avanzata. Squarciata dall'aria di morte che si era annidata nelle nostre delicate narici. Santino si specchiava nella granita di ossidiana e immergeva cucchiaini di pomice per renderla meno amara. Stelle di sale coloravano l'orizzonte e rauche dolci voci di pescatori offrivano a Poseidone l'umiltà del raccolto notturno.

Sentivo, ancora una volta, il calore del sole che abbronzava l'Aspromonte, spegnermi il letargo invernale e una voglia bambina mi spingeva a correre a piedi nudi sulla rena, ancora umida e immergermi in un profondo sincero. Con gli occhi chiusi, per la paura.

Era davvero un giorno sbagliato, per andare a un funerale. Atterrati a Fontanarossa, dopo esserci illusi di aver scritto un epilogo nella Valle del Bove, avevamo fatto ingresso nell'isola dell'antinomia. Senza troppi tentennamenti. Santino e io. Due modi diversi di essere siciliani. Contrapposti dal suo modo gentile di rispettare la gente, qualsiasi stronzata gli proponessero, per il suo irrinunciabile rispetto per la sovranità del pensiero. Dall'altra parte, la mia voglia irrefrenabile di fracassare intelletti.

Ripensavamo ai mesi trascorsi a ricamare contatti sociali e ad ostentare provenienze razziali di alta sensibilità. A ottomila piedi di virtualità, potevamo vivere aneliti di solidarietà. Giudicare imperturbabilità. Sentirci migliori.

Il rumore del carrello, liberato da una temporanea segregazione, annunciava l'imminente atterraggio. Laggiù è tutto diverso e le parole perdono significato. Ne eravamo al corrente, ma era consolante rinviare l'impatto. Avremmo potuto, forse, sfiorare la notizia e limitarci a leggere i commenti dei senatori a vita e degli uomini di spettacolo. Il disgusto, però, ci aveva intossicato le vene. Pettegolezzi di coscienza che muore, se ci si contamina con i virus del "futtitinni".

Altri impasti spermatici componevano le nostre nature. Dove c'era silenzio, volevamo urlare. E mentre il quartier generale travagliava il parto decisionale, eravamo già con le cinture allacciate in attesa della rollata.

Lo stacco aveva lasciato a terra l'ipocrisia dei segni intangibili, da collazionare alla gravità del momento. L'assistente di volo proponeva sintomatiche vie di fuga da scomode prese di posizione. Un fastidioso oblò aveva monopolizzato il viaggio e, negli sguardi telematici, Santino e io, ci chiedevamo dove la sublimità dei pensieri avrebbe giustificato i sopravvissuti. Anni a decantare moralità e a glorificare passati dignitosi. Rabbie di attualità indecorose, coatte condizioni di vita da trascinare nel tempo, con gli abatefaria a scavare trincee di rassegnazione. Non si è avuto neanche il coraggio di attraversare i passaggi sotterranei, nemmeno tanto segreti, con la scusa di un'obesità irreversibile di osservatori passivi. Si scrutano costellazioni lontane, per archiviare cadaveri inappetenti. I musei sono pieni di anfore inumanti di civiltà che hanno tracciato itinerari che semplificassero il cammino. Folgorati dalle navigazioni di erranti cercatori di verità, intrappolati dalle loro complessità.

Eravamo rimasti lì, a sorseggiare filtri riciclati di tè, senza avere più la voglia di chiedersi perché. Ci rimaneva soltanto il dovere reverenziale nei confronti del mito, dopo decenni di estranea partecipazione. Carcasse di gatti abbandonate sulle provinciale del progresso, ci avevano ogni tanto ricondotti alla caducità dell'essere umano. Più eruditi, temevamo per la prima volta, la spavalderia delle nostre meditazioni innovative.

Un tempo era stato più facile, toccare con le mani la terra calpestata delle vittime del nostro giudizio. Avevamo preteso selezioni naturali, delle quali discostarci con ribrezzo. Avevamo collegato sedie elettriche di condanna, isolando una falsa emotività dalle impronte abbandonate nella realtà. Quella terra, adesso, era il companatico con il quale nutrirci, provando a non affogare nel nostro orgoglio, ormai raffermo.

La visione compattata della Playa ci aveva allontanato dai ricordi e l'impazienza aveva annullato la catalessi dei movimenti annoiati del turista, seduto accanto a noi. Scendemmo insieme senza dire una parola. Poi, con un sorriso di soddisfazione, ci fece un cenno di virilità. Indicò con lo sguardo le forme provocanti della ragazza dal bel completo aeronavale e, per un attimo, nel compiacermi del suo distacco, provai invidia del suo ruolo di visitatore.

Lungo la litoranea, che ci separava dalla pace mentale, gli oggetti a ritmo sincopato mi inebriavano la vista. Gli scheletri della case mai finite rovinavano l'uniformità della foce del Simeto. Con la luce solare, che cromatizzava le sagome del tramonto, mi abbandonai a mezz'ora di sonno, allontanando il domani. Fui risvegliato da un anziano signore, che ci proponeva luppina catanese attraverso il finestrino anteriore, lato guida. Il nostro autista lo aveva abbassato per poggiare su la spacchiosoneria del gomito, in coda al casello. Una voce stridula invase la siesta isolana e, con le insistenti parole "bedda frisca" che invasero le mie orecchie, vidi il caruso settantenne e la sua borsa frigo da campeggio, dipinta di geroglifici allettanti che traducevano "lupin frais" in richiami per la clientela internazionale. I suoi francesismi ci annunciarono l'entrata della Sicilia nell'Unione Europea. Appagato dalla rivelazione, mi risistemai in posizione fetale sul sedile posteriore.

Giungemmo nei pressi della casa del nostro ospite con la penombra a nascondere i contorni. Abbandonammo l'auto in una strada secondaria, sotto il segnale circolare di divieto. Alcuni uomini a riposo dialettavano sulla giornata ormai alla fine, distratti dal nostro passaggio. La curiosità verso i volti nuovi, o riconosciuti a fatica, spostò la loro attenzione. Il saluto reverente di Giuseppe li tranquillizzò. Incrociai lo sguardo con l'espressione vitrea di quella disfatta saggezza e mi accorsi, con rammarico, di non essere riuscito a specchiarmi.

Sarei rimasto nico nico, accanto a loro, a solleticare la fantasia con i loro racconti riemersi dai vuoti di memoria e credere, almeno una volta, all'ottimismo dei manieri occupati dalla loro ossidianica speranza, che mi riportava nella Storia. L'avrei fatto, se non altro, per un'ingenua autocommiserazione. Rigettai, invece, quella scomoda situazione. Fuggii da quell'inutile autopsia di immagini confuse e dal significato interpretabile. Dalla barra degli imputati, condannai senza attenuanti, rifiutando la loro domanda di riconoscenza. Un debito sociale mai saldato, ereditato dal passato che, innato, deve essere in ogni caso diverso, chissà se migliore. Inettitudine rassegnata. Non riuscivo più a giustificarla, ma la vedevo come arma di noncuranza, con la quale innescare altre emarginazioni e rinchiuderci la voluttà di estraniarmi.

A qualcuno spettava espiare la colpa. Chiunque, disposto a non ribellarsi, protetto dalle lenti sbiadite contro quelle immagini di disagio. Potevano essere anche loro, con le confessioni di paese, a chiudere la notte. Quei vecchi, dai volti michelangiolati dalla stanchezza del vivere, spettatori passivi di manifestazioni di superbia, giullari ironici a metaforare la dappocaggine con la viltà. O inveire critiche.

Ebanisti d'ascia, esenti da qualsiasi responsabilità apparente. Quei vecchi. Hanno intagliato feretri con saggi movimenti, lentamente, colpo dopo colpo. Sotto le loro mani, le bare si sono trasformate in carretti siciliani, da esporre nelle piazze d'arte. Quei vecchi. Bianche esponenti del trapasso. Noi. Neri esecutori dei loro mandati di depurazione etnica.

13

La cena paesana con lo stoccafisso a ghiotta ad infiammarci la testa, oltre che al palato, chiuse con sazietà il primo giorno di allucinazione siciliana. La delicatezza delle lenzuola di lino, sufficienti a contrastare la brezza notturna, ci riportò alle estati adolescenti. In silenzio, senza ribattere, mi feci cullare dal monologo di nostalgia di Santino. Saltò dal palo delle cuccagne represse, per timore di sentirsi ridicolo, alle frasche dei condizionamenti politici di suo zio. Raccontò della sua infanzia segregata ad evitare contaminazioni popolane, muffa sui muri, caccia di lucertole, sparatine a scuola, invasioni pirata nei cantieri navali di paese, guerre rionali tra ragazzini dalle mani sporche, a pagare il pizzo delle dogane di quartiere. Figlio di due stipendi, rinnegò compromessi ideologici di cene di partito e sorrisi di rispetto. Contraddizione manifesta, mischiata a disagio, manipolato con disponibilità per anni, programmato nelle sue carriere. Esternazioni di idee di appartenenza politica, da imparare a memoria.

Staccò la spina il giorno che morì suo padre. Da quei due metri quadrati, si concesse alla sua metamorfosi. Credo di averlo perso nella paranoia di un distacco mentale necessario, prima che intervallasse le parole con i singhiozzi. La mattina seguente si annunciò con i riflessi ovoidali delle tapparelle che leopardavano la parete di fronte ai letti. L'euforia da réclame pubblicitaria assalì la materialità del bimbo pascoliano, non più così nascosto dentro la sua anima, racchiuso nel subconscio mangereccio di Santino. Dieci minuti dopo, eravamo seduti al tavolo del bar sul lungomare del paese. Santino a imbiancarsi la punta del naso con la panna della granita al caffè, io ad ammirare la biglia rossa spuntare dal cristallo marino.

In quella mezz'ora, riuscimmo ad evadere il dramma che ci aveva condotto a respirare salsedine e sarde diliscate. Una sbirciata alla Gazzetta del Sud, antica fonte cuttigghiara nella quale immergere la brioche dell'informazione. Commenti spiccioli sugli avvenimenti già di dominio pubblico, con le storie ad assumere connotati d'epopea, collante sociale di un acume laconico.

La prima pagina ci leggeva dentro l'ipocrisia che sapeva di sgomento. L'immagine, chissà poi perché non troppo nitida, impressionava la sensibilità che, fino ad allora, sembrava non appartenerci. Non riuscii a leggere il commento giornalistico che, due lettere appuntate a tergo, vollero spacciarmi per cronaca di vita. La bile di sconfitta coprì, senza pietà, il dolce del capriccio e l'implosione della foto, che mostrava l'attentato. Indifesi e impuri, cercammo di nascondere nella pagina rosa, all'interno del giornale, la nausea. Fummo raccolti, naufraghi esistenziali, dal dovere incombente che avrebbe dato un senso alla licenza fuori stagione. Palermo e le sue vuccerie ci inviò il richiamo.

La copia pubblica rimase spiegazzata su una delle sedie intrecciate in vimine di plastica. L'apprensione da esternazione egocentrica, che accompagnava certe occasioni, ci sommeliò gli ultimi inebrianti istanti da lenti osservatori turistici.

Il pullman del simposio, con il motore già caldo da tempo, appestava l'ambiente con la puzza acre di nafta bruciata. Una degna cartolina del mattino. I sedili, per quasi la totalità occupati, lasciavano trasparire l'atmosfera gitana e scostumata delle escursioni scolastiche fuori paese.

Nel salire i gradini, che mi separavano dall'ennesimo abbandono, guardai il selciato consunto muoversi sotto i passi e prenotai al futuro, la mia arte di regista di staticità. Sarei rimasto, soltanto, ad ardere sotto il tepore del condizionatore naturale e ad oscurare i mesi milanesi sull'epidermide, a tradurre dialoghi vernacolari, mischiati ai silenziosi scrosci sinfonici dello Jonio. Lanciare pietre bianche a quietare l'onda, come mi infinocchiarono da bambino, o a terrorizzare la calma oleata del mattino, nei giorni della pesca alle costardelle.

Avrei voluto essere ovunque, non fosse il quadro tragico ed enigmatico, degno di ode quasimodiana che io, Santino ed altri sessanta esegeti stavamo interpretando. Anche nelle acque fredde dell'Alcantara, avrei immerso la nuda pelle del mio corpo, ormai flemmatico, ad obliare umanità.

Ma la sgasata dell'autista decretò la condanna e l'inizio dell'itinerario errante, che avrebbe collegato la Catania vulcanica alla Palermo capitale, sussultò le congetture e la mia voglia di evasione.

14

Distese di aranceti simmetrici ritmano le accelerazioni discontinue del nostro mezzo motorizzato di astrazione. Mi riportavano a guadagni acerbi di cassette colorate nei consorzi agricoli, a comporre pile di fatica in magliette, non più bianche, di raggianti sudate. D'estate. Compagnie di albe romantiche sui camion di oro arancio, alla conquista di mercati alternativi di nuove clientele europee. Ventimila lire. Per sentirsi adulti a quattordici anni. Ignoravamo le ruspe, equità di leggi economiche da rispettare, che avrebbero solcato mani aggrinzite dei siciliani costretti a cambiare mestiere. Le ruspe che avrebbero condito insalate di umiliazione nella lista dei conti in rosso dei nostri bilanci regionali. Dita rozze gentili, in cerca di giochi infantili di consolazione.

Non tornerà più la voglia incoerente di restare bambini. Hanno massacrato la fantasia innocente, che avrebbe potuto modellare i lidi di adamantine realtà stupefacenti. Anche il succo scarlatto di quei frutti mi avvicinava alla realtà uggiosa dell'età senza ritorno.

A19 dall'asfalto lunare. Connessione viscida di città-stato di poteri araldici. Cave omeopatiche dove progenie illegittime hanno lasciato cronologie mitizzate. Restituiscimi, almeno in parte, investimenti a lungo termini, con i quali, da ingenuo ho creduto di capitalizzare l'esistenza. Arresta la corsa folle dei bolidi progressisti, che mi hanno razziato l'infanzia. Riconduci alla dimensione di sprovveduto, nella quale amavo perdermi senza deporre briciole fiabesche che mi riportassero a casa.

Voglio restare sul ciglio della strada a indossare oscurantismo medioevale, evitando gli inquisitori confinanti con i loro roghi a purificare utopie di ottimismo, che sono stato costretto a rimuovere dal mio cervello.

Mostrami, come facesti anche in quella nefasta occasione di quel maledetto 1992, lc tuc diapositive surreali. Malinventri con i suoi malocchi ancora efficaci. La Rocca di Cerere di Colajanni, antesignano studioso di malaffari statali pre-tangentopolisti. Il castello delle donne, sul cui ombelico siciliano megalomani della comunicazione hanno eretto l'obelisco catturante di alibi internazionali, a giustifica di reati desertificati sui quali erigere le loro cattedrali. La Villa dei Mostri, anacronistica manifestazione allegorica del Settecento, degna di più attuali protagonisti, ad arricchire la collezione delle sue metafore grottesche.

Non ebbi il tempo per imprigionare le immagini, che avrei preferito rilegare in personali protocolli omerici. I semafori-mercati di Viale della Regione Siciliana suggerivano l'ingresso in Palermo. La città si sobillava al risveglio in un'atmosfera freneticante che nascondeva un'apparente tranquillità. Estraniati. Palermitani per le vie a improvvisare un'altra giornata di alacrità, si rimpossessavano di ogni angolo urbano, allontanando nella monotonia del vivere quotidiano, sensi di colpa.

Scendemmo presso la stazione ferroviaria. Santino ancora intorpidito dal sonno, io con una strana sensazione di smania ansiosa che, occultava palesemente, la voglia di chiudere tutto al più presto in quel cassetto cerebrale, sempre disposto ad aprirsi all'occorrenza, ad uno spontaneo silenzio.

Tentai una dilazione, con la mia sapiente capacità di trasformarmi secondo le esigenze e l'araba-normanna che offriva il meglio di sé, quella tiepida mattina. Il mio compagno di avventura assecondava, come in molte altre occasioni, le decisioni irrefutabili delle quali, ne ero l'artefice. Camminava al mio fianco con la sua caratteristica andatura da nullafacente, estasiato e un po' annoiato, dai commenti archeologici che decoravano, se ce ne fosse stato il bisogno, siti antichi imbarbariti da esperimenti fatiscenti di architettura moderna.

Piazza Giulio Cesare era più viva con le espressioni multietniche, a prostituire apparenti massificazioni. Un comunitario ci chiese sussidio privato con una chitarra in mano, intonando ballate spiritual. Talking about revolution. Tracy Chapman. Ritmammo, con gli occhi chiusi, quella sommossa musicale, per qualche istante. Poi proseguimmo per Via Roma con l'eco della canzone adagiato sull'orgoglio. Un altro senso si attivò ai comandi del cervello. L'odore delle arancine, appena fritte, proveniva da Piazza Florio. Un istinto di nostalgia acerba, in altri tempi, ci avrebbe fatto catturare, ma un pugno funereo al piloro chiuse la parentesi culinaria.

Lentamente contavamo i metri dalla chiesa, meta unica di un dovere etico da rispettare. Tornammo indietro svoltando a destra in direzione Politeama e, poi, ancora giù, verso Via Maqueda, senza tralasciare la Guerra dei Trent'anni del Teatro Massimo, per finire ad incrociare Via Vittorio Emanuele. Infine, il Tempio della Giustizia, in distacco verbale.

Una folla nera aveva, in parte, colmato lo sdegno. Cuttigghiu stretto tra i denti e sguardi interrogativi di nottate da indagini, racchiuse in cul de sac di indifferenza. Curiosità. Orizzonti in cemento armato da postazioni panoramiche normanne. Nere auto blu. Ospitavano negli abitacoli discorsi commemorativi, incisi sulla radica dei cruscotti.

Avrei voluto armare la mia rivoluzione. Fustigare la formalità conformista, con il MI cantino della chitarra adulata del comunitario incontrato. Presi dalla sacca, passata indenne alla censura ritardataria dei gorilla di stato, il walkman. Premetti "play" e il Testamento di Tito di De André coprì, almeno in parte, il semantico nella bocca putrida degli ipocriti.

Anche Federico, indignato dal liquido seminale vomitato per terra, abbandonò il sarcofago per poetare in siti più onesti. Ma in quella umile chiesa, il prete dal saio verde, ossessionato da un dovere di misticismo necessario, violentava le lacrime dell'ennesima vedova di stato, costringendola a profferire parole scontate di amnistia. Dalla Cattedrale, l'Imperatore risorse dal passato e la sua voce echeggiando per le vie di Palermo fino a giungere a noi, sentenziò:

Se la mafia è cristiana, Cristo è mafioso

Se la mafia è islamica, Allah è mafioso

Se la mafia è buddista, Budda è mafioso

Se la mafia è umana, siamo tutti mafiosi

Sono tornato, anni dopo, a calpestare versi federiciani e, da essi, ho raccolto efferatezza da diffondere nelle nuove scuole siciliane. Intanto, le vostre idee continuano a camminare sulle gambe della gente. Le vostre idee e il ricordo di voi. Voi, Giovanni Falcone e Paolo Borsellino.

Nell'ombra dei vicoli della casbah, qualcuno prova ogni tanto appostamenti dinamitardi contro i nostri arti inferiori. Prima o poi, riuscirà a gambizzarci le facoltà mentali.

15

Sono tornato a calpestare versi federiciani e, da essi, ho pianificato le crocette da porre in ordine sparso ai questionari psicodemenziali. Ho consegnato la scheda da analizzare e il pallottoliere virtuale ha cominciato a elaborare il mio quoziente di accidia. Tilt. Un flebile fumo si è materializzato davanti ai miei socrati. Forse, li ho soltanto delusi.

Cespugli neri mi accordano strumenti diversi. Dovrei scegliere solo l'assolo e il pezzo da suonare. Un plessimetro continua incessantemente a sondarmi ciò che è rimasto della mia autonomia. Improvviso giri armonici con le mie paturnie e creo sintassi da correggere, ma neanche stavolta gli astanti hanno voglia di rimanere ad ascoltare fino alla fine. Sensibilizzare. Tutto comincia ad avere un sapore strambo di inutile oratoria. Mi guardano con l'espressione cheminchiamistacuntannuchistu? Mi accorgo di non avere troppe spiegazioni da proporre alla fantasmagoria che, da troppo tempo, crediamo di inscenare. Peggio è sapere che non possiedo tangibilità a buon mercato, da offrire come alternativa. Volevo solo illudermi, un altro istante ancora, di poter toccare i volti nel buio della mia stanza. Tastavo calcinacci burrosi, che mi lerciavano dentro, più di quello che cercavo di nascondere con la mia dialettica. Sceglievo sempre momenti fuori tempo, stonando e storpiando le esecuzioni che avevano riempito, fino al mio arrivo, le solitudini di veglie astrali. Qualcuno, neanche adesso mi so spiegare, si lasciava incantare dal mio flauto magico, mono nota, che di tanto in tanto, non riusciva neanche ad emettere il suono. Allora impiccavo le mie facoltà su ciottolose salite da fare in prima, sulle quali fermarmi e tacere per sempre. Su quelle 850 d'epoca, dai paraurti ricromati e le targhe a cinque cifre. I led luminosi respingevano gli astri del firmamento e, con ritmi underground, mi LSDizzavano. I Wish You Were Here mi europizzava su chitarre amplificate che gli equalizzatori non riuscivano a decodificare. Si rimaneva con l'ostinazione di illuminarci le immaginazioni con le albe da beat generation. Gli effetti speciali antidiluviani dei Pink Floyd, nei loro cieli oscurati dalle nuvole e quella luce verde fioca del mangiacassette riciclato in emotion maker, sforzava i miei occhi sulle pagine macchiate dalla troppa manipolazione. Sulla strada di Kerouac.

Soccombevo ogni notte a quello sballo emancipato. Il libro richiuso tra il sedile e il portaoggetti, come le palpebre incollate da stanchezza immatura. Alcune volte, torce inquisitorie di carabinieri, dall'altro delle campagnole scrutavano schedari identificativi, con il sogno della cattura di eccellenza di qualche affiliato riiniano. Su quelle 850 ingolfate, spacciato per uomo di scorta dei viaggi commerciali, da Trapani a Palermo, del più famoso manager-contadino della storia di questa Sicilia, tra un'ilarità da aula di tribunale e un assurdo stoicismo.

Ci si ritrovava, ricomponendosi in mosaici melodiosi, sbavando competenze musicali da ostentare nei consigli serali di paese, negli anni delle strusciate in piazza, ai piedi scarpe da tennis e addosso jeans dal culo sbiancato, tra una spocchioneria e l'altra, ancora acerba.

"Meggiu di 'na futtuta", si commentava l'assolo di chitarra per soddisfare un bisogno di identità ormonale, chiudendo e rimandando alla sera seguente il contatto con quelle piste magnetiche, racchiuse nelle striscianti stereosette.

Raggiungevano i signori dei primi albori della notte, con i loro forni di crema pasticcera e la magliette sformate dai sapori a pois, depositati sopra. Seguendo odori dal sapore vanigliato, ci immergevamo nei cornetti all'altoforno.

Si scommetteva sull'ingordigia delle abbuffate a gratis di quelle bombe alla crema che, come oro fuso, usciva dalle sfoglie e, avvampante, colorava di fuoco le gote, mai sufficientemente elastiche da contenere gli azzardi.

Un arrivederci a domani anacronistico. Un ultimo sguardo alle comitive estive di rimpatrio, con i loro gerghi storpiati da dialetti imbastarditi, che si accodavano alla cassa per pagare cornetti maritozzi brioche, tra un nome e l'altro di figli di clandestini. Salvatore, Carmela, Alfio, 'Ntonia, 'n vedi che fredda l'accua. Rosa che diventava Rosy, figlia di un'altra soap-opera di vita estradata dalla televisione.

Mi sono confuso tra questi personaggi. Nei falò del quindici di agosto. Orge ormonali mai appagate. Uno sopra l'altra, tra strabismi e giochi a ruoli ermafroditi. Uno accanto all'altra, in un innocente distacco.

Lo scoppiettio dei tronchi, che ardeva le stelle cadenti. Momenti eclissati dallo scoppio di risate immotivate. Urla soffocate da gavettoni lanciati nell'oscurità, arrugginivano la plasticità delle mie reazioni ponderate. Tornavo ad arpeggiare corde vuote con i polpastrelli dell'inesperienza. Vuote, come le mie disquisizioni sociali.

Sapevo che un'altra arrampicata a mani libere non si sarebbe fatta attendere inutilmente. Alternavo, così, ammalianti incontri mondani ed esili volontari su isole da ricerche musicali. Un ultimo sguardo. Dopo, solo egoismo narcisista.

16

Nelle cave. Protetti dal sole estivo delle tredici. La testa appoggiata su morbidi universi femminili. Crescevamo. Piano. Senza fretta. Sbronzati di orgoglio. La notte di sonnambulismo felino, sui tetti delle case che ospitavano le ragazze canicolari. Giuseppe, compagno di monellerie adulte, sparava al cielo le sue minchiate, urlando una personale libidine. Nudo, o quasi. La tovaglia da mare sbiadita, dal profumo acre di salsedine in perenne umidità, a coprirgli le vergogne e quel nome di donna quindicennc, a sporcare una quiete appagante. I capelli, neri come la pece da far sciogliere dall'afa. Sempre ben curati e gellati, anche la mattina alle undici, pronto a sdovagarsi sulle pietre bianche, levigate dal bagnasciuga. Le incendiavamo, facendole sfrigolare velocemente, per stregarci all'odore di testa di fiammifero appena bruciato, e sognare accampamenti preistorici dell'età del fuoco. Giuseppe. Sosia umile di Sylvester Stallone, protagonista di improvvisati giochi olimpici, a piedi nudi sulle braci dei campi da pallavolo, disegnati sulla spiaggia. Indiscusso premio di fine stagione, per le ragazze concorrenti stagionali. Bellezze cittadine, acerbe come gli amori ingenui da raccontare tra i banchi scolastici dei successivi autunni. Le madri le proteggevano dalle sue insidie, coprendo le arsure puerili, sfoggiate dentro i due pezzi da assistenti maghi.

Correvamo insieme sulla Fiat 126 emozionata, che rubavamo alle russate di scirocco del padre. In quattro. Fogli rosa scaduti. Rossi serbatoi. Contavamo le monete già svalutate dalle licenze poetiche che ci raccontavamo in quegli autunni scolastici, quando sparavamo a scuola per nasconderci dietro i muretti del lungomare, a disegnare cazzi giganti da far cancellare dalle mareggiate. Contavamo e contavamo. Ma non figliavano mai. Allora solo gelati e dieci chilometri di ottovolanti, con la frizione sempre troppo premuta, nelle curve dei lunatici gridolini. Aggrappati all'immortalità, come vacche al pascolo sulle rocce appuntite delle Madonie, esplodevamo le nostre vite frizzanti, durante le transumanze metaboliche. Aggrappati ed oggi, solo compagni di presunzione. Critici sprezzanti delle chiome bianche, e di ciò che pensavamo di poter cambiare, vivevamo scappatelle da riformisti eterni. Ci appostavamo su calchi appesantiti che ci macchiavano di aloni di esperienza, racchiusi nei manuali segreti di neurologia.

Cu si ni futtiva? Delle diatribe insanguinate della Gela dorica, che imbrattò i quotidiani dei gutemberg moderni e censurati?

Centoventi, centoventuno, centoventidue... e la lista poteva continuare all'infinito. Eroi falciati dalla pinacoteche delle faide dall'onore violato, che non intralciavano il corso delle estati, sconsiderate per decine di sbarbati folli degli anni Ottanta. Né disturbarono i sogni dei nostri vecchi, che elemosinavano il nostro futuro negli ambulatori dei sanatori sociali, dove professionisti della salute inculavano regole di conflitti di interessi non rispettati, tra una ricetta medica e un santino da portare dentro le urne, in cambio di un'elezione a sindaco di un qualsiasi paesino della provincia.

Il caldo moriva agonizzantc. Circc trasformava itachesi in brandelli da mostrare nei necrologi da ultima pagina. Figli sacrificati. Simboli di garanzia del ritorno a casa degli unici decontaminati.

Giuseppe, cu si ni futtiva? Tra le braccia abbronzate catanesi, romane, milanesi, messinesi. Tra le braccia che davano dipendenza. Te le lasciai per farmi catturare dai miei struggimenti di eccessiva sensibilità, mai domandati, ma offerti allo svogliato interlocutore. Te le lasciai. Per arare terra argillosa che screpola le anime. Sui monti dei raduni. Giovani anticonformisti. Banali imitatori di Woodstock fuori moda. Nei casolari abbandonati dalla marsine. Le calotte stempiate, che non volevamo emulare. Le stesse, identiche prese per il culo. Bandiere.

Ci avevano riempito di trasfusioni sessantottine, di camicie colorate con teoremi di Euclide, di monili aborigeni, di distese di sesso inglese, di rivoluzioni uterine. Li abbiamo sovrastati, spaccando le teste ai maestri di vita. Neanche noi sentimmo il bisogno di subire educazioni.

I limoni anti-lacrimogeni. Le catene umane a fermare Saddam. I baschi a coprire gli eccessi. Gli stessi, camulet scaduti di pace. Dopo un letargo decennale.

Fondammo le nostre querelle di informazione. Animalisti. Ecologisti. Pacifisti. Terroristi. Innovatori. Detentori. Esclusivi.

Giuseppe, cu si ni futtiva? Dei pozzi del Kuwait? Di Moro nella Renault 4? Di Buscetta sulla scaletta dell'aereo?

Due occhi ammalianti ci incidevano le fronti. E il volto malizioso di Mauro, tuo fratello. Non riuscivo a ricordarlo. L'immagine sua che monta sulla mia vecchia bicicletta arlecchina. Senza domandarmi il permesso.

Tu che continui a minacciarlo con i tuoi nunmirumpiriicugghiuna. Non riuscivo a ricordarlo.

La sua foto sulla stele dell'infanzia, insanguinata sul selciato, assassino come il destino. Altre guerre nella mia memoria. Mentre volevo, soltanto, continuare a deflorare l'aria con la 126 di tuo padre. Fermarmi su un punto panoramico e scattare foto da mostrare ai parenti. Ma, un giorno, ci hanno detto che non potevamo più delirare. Gli adulti, ad inchiostrarci i piedi sulle scrivanie della realtà. I nuovi sconvolti del mondo, a citarci in giudizio, con le toghe cucite ai lobi delle orecchie. Noi in mezzo, a urlare che le fogne trascinano a mare le stesse stronzate. Da almeno tre generazioni.

Si scappava dalle omelie che ci spronavano ad abbandonare decameroni, più surreali che effettivi, dove sguazzavamo durante le giornate eterne da scaldapanche. Alle spalle, voci stanche di padri, votati al dovere. La loro saggezza, a portata di mano. Da raccogliere e avvolgere nelle lettere raccomandanti dei signori della plebe, ricattata e offesa dalle cecità del passato, da coniugare senza eccessivi ammodernamenti.

Le unghia sudicie di umiltà ad insozzarsi ancora di servilismo. I documenti di supplica genuflessa, avvolti nei sacchetti della spesa. Bianche plastiche biodegradabili, che asfissiavano gli impulsi e la candida ignoranza. L'attesa. Quella crudele accozzaglia di lenti minuti che muoiono. Lo sguardo che mente all'evidenza. Incrociato e depresso. Identico. Gene ereditato, che aggiunge ed amplia concomitanze di mezzo gaudio.

Le stesse facce scolpite in ordinata sequenza, senza tagliandi numerati di precedenza. Adagiate su scomode poltrone di anticamera di circostanza. Le risa. Dure e impietose. Lancette di secondi immobili che separano dall'uscio. Compromesso del quieto vivere e la voglia, ormai sfinita, di alzarsi dal seggio che elettrizza qualsiasi velleità. Gridare un'ultima volta: comu veni si cunta!

Uscire, scavalcando carcami abbandonati. Senza richiudere la porta. Un peto di chiusa autonomia. Un aerosol che sventra gli olfatti. Su, fino all'encefalo melmoso. Si addentra prepotente, mischiandosi alle molecole di aria e lascia tracce indelebili di astensioni croniche.

Nessuno. Mai. Appoggiò il naso ad annusare facili pretese, che escludevano le richieste. Nessuno. Mai. Fece irruzione nella camera paradigmatica del potere, a fracassare le scrivanie del falso rispetto, a colpi di parole sgrammaticate del cambiamento. Nessuno. Mai. Allora, Giuseppe, cu si ni futtiva?

Non mi è rimasto, che vederli avvicendarsi per riempire spazi di uniformità, tra bagliori sviliti di intese convenzionali e gufi bianchi, che osservano dal buio. Erudirmi di commiserazione, da dispensare nelle case. Adulare le vene ingrossate degli estimatori, intrisi di inutili carabattole ipocondriache. Le ho esaltate nelle mie visite di cortesia, scambiando sorrisi ingialliti con pozzi neri dei loro affidamenti fiduciosi.

Ho allontanato tentatori svianti e, nella mia illusoria emancipazione, gli ammonimenti divergenti avrebbero dovuto indicarmi le strade della morale da seguire. Non ci fu il tempo per tergiversare sulle occasioni opportunistiche, che le carriere professionali ambirono a maggiori convinzioni. Nuovi illusi presero il mio posto, nei solchi lasciati a raffreddare reazioni ormonali, a catena. Mi apprestai ad aprire nuovi centri di relatività inedita.

17

Un giorno fermerò la fantasia errante che ha saldato la mia vita. Abbandonerò i mercati occulti, dove ho fissato i prezzi dei miei baratti umani. Convincerò il mio istinto reazionario a mettersi da parte. Sogghignerò alle prepotenze dei potenti. Inventerò nuovi schemi tecnici, da adottare nei momenti di scarso dinamismo. Un giorno. Lo farò dalla finestra del mio personale angelus quotidiano, con i drappi imporporati di vergogna. Scaricherò dati da scomode esposizioni, senza protezioni, e aspetterò l'ellenico precettore, che costringerò a parlare.

Sono irritato dai silenzi spettatori di chi attende sempre la prima mossa, per arroccare il re dietro la torre, auspicando catalessi di noia all'aggressore. Potranno nascondersi dietro la loro mancata partecipazione e strofinare le mani incontaminate sui genitali, in segno di scaramanzia. Di nascosto, attraverso le tasche dei pantaloni. Non permetterò loro di farlo senza mostrare la cocciniglia delle loro facce di culo espressive.

Non mi pongo davanti all'umanità da possessore elitario di correttezze indimostrabili. Non potrei farlo, se non nelle contraddizioni, e risulterei ridicolo a cercare nuovi stimoli nell'anonimato. Potrei giustificare le personalità manifeste degli adolescenti, nel replicare quei pruriti occulti che hanno mutato con l'età, le bramosie e gli obiettivi. Esposti in campionari di raffinato equilibrio. Potrei continuare a dipingere linee tratteggiate, delimitando occorrenze contestuali, entro i limiti di un possibile sconfinamento educativo. Potrei mutare l'etimologia della parola egoismo, organizzando presidi temporali su scale che conducono alla filantropia. Potrei giocare al Piccolo Gandhi, affamando rappresaglie sulle barricate ideologiche, lontano dai sistemi collaudati di condizionamento altruistico.

Potrei affidare proponimenti futuri alle nuove generazioni, affiggendoli alle loro boccole nasali di mendace originalità di tendenza. Potrei ironizzare sul letame che armonizza un'antica ricchezza e le fiamme alte delle raffinerie sullo sfondo.

Potrei. Ma l'impazienza ha tracimato su una nuova Valle del Nilo. Perché aspettare interpretazioni fantascientifiche che possano giustificare le ignoranze contemporanee del presente? Mi sono impossessato dello scrigno sotterrato dall'ipocrisia. Era lì, affiorante e sfavillante. Antagonisti sono rimasti a contemplarlo, indecisi sul da farsi. Profani d'estimo.

Ho spennellato la sabbia, dopo avere inciso la sagoma. Un colpo secco. Ha ceduto al primo contatto. Non aspettava altro. Ho raccolto le morali delle volpi che continuavano a tastare gli acini più acri e, poi, ho fatto la mia offerta. Non rimaneva che adattarsi.

Scambio induttivo di continuità rende servigi meno appariscenti a coloro che indugiano sull'uscio, per ponderare decisioni coerenti, mantenendo con difficoltà le originarie attitudini. Non concedo alcun segnale di incoraggiamento, poiché il disagio vaga in armonia disordinata con il resto degli oggetti. Un bisbiglio aculeo oltrepassa la serratura, mostruosità rinvigorite da nuovi impulsi istintivi frantumano le parole e, senza preavviso propedeutico, lasciano lo spazio per fughe di servizio.

Non avranno mai il coraggio di oltraggiare le perdite di tempo, soffermandosi nelle mattinate a garantirsi un posto in prima fila. Bloccati, davanti al sipario che rispolvero ad ogni mio risveglio, concedendo un ingresso privilegiato, senza attendere un'acclamazione. Un breve resoconto di un mandato a tempo indeterminato.

Non blandiranno mai il pomello ossidianico, che arde sotto i colpi del sole. Acceso impeto inibitorio, che stacca i fili conduttori dai loro trasformatori a corrente alternata. Disposti a posizionarsi in direzione del vento, come rodati opportunisti, schiavi del potere che rappresento. Non pattineranno mai sulla pomice che ho rovesciato sul pavimento, ad attirare la loro debolezza. Mai. Se non vorrò.

Plastica animata di rosso, si sparpaglia sulla scrivania con le altre penne del giudizio. Accanto, le gomme della redenzione. Scrusciu d'acqua salata si deposita sui vetri. Mi impossesso di umana debolezza.

Stavo seduto, un giorno, su tiepidi ciottoli di spiaggia. Raccoglievo quelli grigi e piatti. Li appoggiavo sulla fronte sudata, deliziandomi nell'osservare l'umidità evaporare lentamente. Padrone delle tradizioni, che impongono iniziazioni estive di pesche dilettanti, subito dopo scuola, accarezzavo il tepore, mentre due canne stavano ritte e immobili, nell'attesa della mattanza.

C'è un momento in tutta la propria vita, che si deve restare con se stessi a fare l'inventario delle emozioni e farsi umile. Soffocare l'arroganza che ti inganna di poter continuare da solo, con la forza dei pensieri. In quell'attimo, con la mente sgombra dalle presunzioni, si dovrà guardare gli occhi dell'uomo che si ha di fronte, portargli rispetto per ciò che è stato, per ciò che ha creduto di poter diventare e in ciò, che oggi, si riconosce.

Ho vissuto l'esperienza di quell'istante, costretto ad assistere al miracolo della lotta tra l'uomo e la bestia. Due forze che si scontrano in simbiosi: l'una, con la crudeltà dell'evoluzione; l'altra, con l'istinto.

Avevo abbandonato la tana del mio esilio in città e mi ero spinto a cercare l'ego selvaggio delle origini. L'odore aspro di sale invadeva il mio corpo, risalendo dalle narici. Respiravo a polmoni pieni il grecale che gonfiava, animosamente, il mare.

La spiaggia, lavorata meticolosamente dalle onde, si lasciava levigare e, assorbendo la soffice schiuma genitrice di vita, partoriva il misterioso mondo dei microrganismi. Contemplavo i raggi dorati che si specchiavano sulla prepotenza, ora verde, ora blu, mi lasciavo incantare dalla magnificenza della rocca, a picco sul mare, argillosa e normanna. Ligio guardiano dalle invasioni saracene. Jonico regale.

Attendevo la bestia, mossa dal suo istinto, alla ricerca dell'inganno celato dall'esca. Ed ecco, la luce accecante, soffocata dal batter d'ala di uno stormo di gabbiani, pronto alla picchiata. D'improvviso, la bestia tornata alla vita, spiccare il salto verso la sovranità. Là, in alto, dove il sogno è già realtà.

Un pescespada, tra il bagliore delle onde, squarciò le acque, sprigionando la sua voglia di vivere. Volò tre metri più in là, portandosi con sé, il mio giunco e le lacrime della mia ammirazione.

18

Dall'incavo della Grotta dei Cordari. Mi calo nel mutismo. Non ho bisogno di inventarmi scaciuni. Ho il controllo di me stesso e non ho obblighi da condizionamenti sociali. Delegato. Per ogni tentativo di immaginare un'ipotesi.

Voglio fermare le parole. Per sempre. Di recondito sentimento. Senza passare dalla porta principale, dove i conti ugolini, saziati dai figli, pretendono una nuova portata.

Non nutro intenzioni di continuare a organizzare la sala dello scempio. Da fuggiasco, che non si preoccupa della condanna, sento il bisogno di tirarmi un po' fuori dal gioco.

Due voci. Confuse e distaccate. Dalla stradina attigua al muro del potere, si creano un varco, tralasciando sudditanze psicologiche. Non mi soffermo a carpirne i contenuti, ma li subisco con sciatteria. Non ho più la libertà di essere sordo alle loro tentazioni.

Vogliono convincermi a impadronirmi di quotidiane paturnie, ma non riesco a concentrare la mia attenzione oltre l'Unico Uomo che continua a contare i passi, incessantemente, da un lato all'altro della piazza.

Incontro seguaci peripatetici, avviati su nuovi percorsi omologati. Collaudatori di egemonia. Futuro. Troppo vicino, ormai. Niente di nuovo. Cariche sociali che meritano più moderne determinazioni, che non riesco più a trovare dentro di me. L'origine non è mai del tutto controllata. Vestirsi da manichini della rinascente espansione strutturale, per sfilare decorosamente nei palazzi pitti che restituiscono un'immagine preconfezionata di appartenenza. Accettare passivamente la lenta maturazione di un ruolo garantito, che non implica eccessivi esposizioni all'incertezza.

Li compiango per riversare su me stesso il sentimento che, malgrado tutto, riesco ancora ad esternare in un'assenza assoluta di ricambio affettivo, senza alcun interesse nascosto. Dita incrociate. Ancora una volta. Nelle piazze dei raduni di chi prova a pensare ancora a un domani possibile. Le mattonelle sradicate oscillano sotto il peso della stupidità dilagante. Stanno pisciando mancando il bersaglio, nonostante gli avvisi scritti su cartelli scomputi appesi ai muri. Osservo le mie scarpe umide, che avevo affidato alla sicurezza di un trono. Non mi emoziono più.

Lapilli incandescenti sono scagliati lungo il cono della forgia, dove Ares con il martello in mano, modella violentemente una nuova apocalisse. Il filosofo greco è tornato a chiudere il discorso. Mi annuncia l'ultima guerra punica, che non darà il tempo ai machiavellici cavalli di Troia.

Agamennone sta organizzando una nuova invasione, cominciando dalla penisola Magnisi. Sacrificherà un'altra figlia per la bonifica del territorio e tornerà nell'Ade sotto le mani di Clitennestra. Per una giusta causa, in nome di eroi tumorali del dopo guerra. Stavolta, però, Ettore e Achille serreranno un accordo affinché raffinerie di denotazioni economiche non spazzino per sempre la città di Ilio.

Sento da lontano Gibel Utlamat stromboliare. Non c'è tempo per armare i caccia predestinati alla conservazione della specie. Non serviranno bombardamenti devianti o statue mistiche a fermare la tragedia. L'Antico si riprende il suo mondo.

Non ho molto tempo neanche io. Solo qualche momento nostalgico. Ares ha quasi ultimato il suo lavoro. Aspetta. Ancora un attimo. Voglio recarmi per l'ultima volta sull'arenile. Giocare alle cinque pietre. Lanciare in alto la suprema ed afferrare in sequenza le altre, prestando attenzione che nessuna ricada per terra, come la nostra speranza. Una ad una, prima che non ci sia più il tempo per terminare il gioco. Farmi bagnare i piedi dalla marea montante e attendere l'invasione finale.

Ancora un momento.

Bum, bum, bum.

Adesso.

Postfazione

Ossidiana. Parola di origine latina (*obsidiana*). Indica un vetro vulcanico che si forma dal raffreddamento di lave di natura variabile. Di colore nerastro, ha la caratteristica dei bordi taglienti. Utilizzata sin dai tempi del Neolitico, rappresentava la principale materia per la realizzazione di oggetti da taglio, utilizzati per merce di scambio tra le popolazione del Mediterraneo.

La provenienza più conosciuta è quella delle Isole Eolie e, più precisamente, dell'Isola di Lipari, dove è possibile ammirare un'intera sciara nera di ossidiana che si tuffa in mare. Oggi, alternata alla pietra lavica, viene lavorata per la realizzazione di monili e collane perlate. Di questa pietra, mi ha colpito di più la sua durezza e la sua cristallina opacità.

Pomice. Dal latino *pumex-ìcis.* È una roccia effusiva composta di vetro vulcanico e da piccole cavità generate da gas liberati dal magma durante il raffreddamento. Diffusissima sugli arenili siciliani, ha costituito da sempre la fonte di giochi magici dei bambini, che hanno sfruttato la sua leggerezza che la fa, addirittura, galleggiare in acqua.

Non c'è mai un perché riconoscibile che spinge a scrivere. L'argomento può costituire l'alibi che lo giustifica, ma non rappresenta sempre il vero movente. Qualcosa colpisce l'istinto durante una qualsiasi fase della vita e lo invita a uscire dall'inibizione. Nasce dal di dentro, giorno dopo giorno. Senza controllo. Guardi gli altri intorno a te, assaporando le differenze che ti allontanano dal branco e te ne fotti delle etichette da dietrologia che, alternativamente alle faziosità, ti incollano addosso.

Cominci per metterti alla prova. Dall'esperienza dei compiti in classe di italiano. Maltrattati e censurati dai precettori. Vai avanti, convinto. Ti basta che quell'inchiostro macchi il foglio bianco sotto le dita. E la tua dedizione. Il resto conta poco.

Non ho mai scritto per gli altri. Non l'ho mai fatto se non avvertivo dentro di me la piena consapevolezza che la mano potesse andare da sola, senza condizionamenti. Si dice di getto. Non è una cosa che puoi gestire a piacimento. Nasce dal nulla e muore nel nulla. Oggi è ancora viva. Spontanea senza programmazioni. Il giorno che mi accorgerò di dover pensare prima di scrivere, avrò già finito di essere me stesso.

Il vulcano scaglia la sua rabbia contro la stupidità del mondo. Poi, si placa. Deposita l'ossidiana, dura e tagliente. L'uomo si illude di poterne fare uso in eterno, per manifestare il dominio sulle cose. Ma sta già sprofondando, senza rimedio, sulla soffice manifestazione del vulcano. La pomice.

Nota di edizione

Questo libro

Questo libro rappresenta l'esordio letterario dell'autore. Uscito in una prima versione nel 2001, riscontrò subito l'apprezzamento della critica aggiudicandosi premi, elogi e recensioni. Fu ripubblicato nel 2013 con una nuova veste grafica. Ed esce ora in una nuova edizione ZeroBook, a testimonianza della qualità narrativa del testo e, particolare da non sottovalutare, per gli argomenti trattati che ci riportano a un periodo storico del nostro Paese che merita di non essere ricacciato nell'oblio, la sua attualità costantemente rinnovata nel tempo.

Occasione non ultima per confrontare lo stile narrativo d'esordio con quello, diremmo più maturo, dei più recenti libri dell'autore.

L'autore

Piero Buscemi è nato a Torino nel 1965. Redattore del periodico online www.girodivite.it, ha pubblicato : "Passato, presente e futuro" (1998), "Ossidiana" (2001, 2013), "Apologia di pensiero" (2001), "Querelle" (2004; nel 2021 in edizione ZeroBook, nel 2022 in edizione inglese), L'isola dei cani (2008, ZeroBook 2016), "Cucunci" (2011), "Le ombre del mare" (2017, edito da Bibliotheka - nel 2025 riedito da ZeroBook), Enne (ZeroBook 2020). Ha curato l'antologia di poesie Accanto ad un bicchiere di vino (ZeroBook 2016); e le antologie di articoli di vari autori pubblicati su Girodivite: Parole rubate (2017), Celluloide (2017). Per il volume di poesie Iridea di Alice Morino (ZeroBook, 2019) ha contribuito con una scelta di suggestioni fotografiche. Vincitore di diversi premi letterari, alcuni suoi racconti e poesie sono contenuti in alcune antologie nazionali. Il romanzo "Querelle" è stato tradotto in inglese e pubblicato dalla Pulpbits Press (Stati Uniti). Nel 2022 pubblica la raccolta di articoli dedicati al tennis *Di dritto e di rovescio : L'importanza del raccattapalle ed altre storie* (ZeroBook); nel 2023 il romanzo *Il giudizio dell'acqua* (ZeroBook), nel 2025 *La casa del diavolo* (ZeroBook). È tra i fondatori dell'Associazione culturale "Aromi Letterari" di Messina. Sostenitore di Greenpeace, di Amref, collabora con le attività condotte da Amnesty International, è donatore sangue Avis.

Le edizioni ZeroBook

Le edizioni ZeroBook nascono nel 2003 a fianco delle attività di www.girodivite.it. Il claim è: "un'altra editoria è possibile". ZeroBook è una piccola casa editrice attiva soprattutto (ma non solo) nel campo dell'editoriale digitale e nella libera circolazione dei saperi e delle conoscenze.

Quanti sono interessati, possono contattarci via email: zerobook@girodivite.it

O visitare le pagine su: https://www.girodivite.it/-ZeroBook-.html

Ultimi volumi:

La casa del diavolo / di Piero Buscemi

Torno a voi con una domanda : un ricordo di Manlio Sgalambro

Spazi limitali / di Alessandra Condello

Tutti gli uomini della DC a Lentini / di Ferdinando Leonzio

Lenin centenario #lenin100 / con saggi di Billi, Bravo, Cangemi, La Porta

Il giudizio dell'acqua / di Piero Buscemi

Donne nel socialismo / di Ferdinando Leonzio

Dalla parte del torto / di Adriano Todaro

Come il volo irregolare di un aquilone / di Ignazio Vanadia

Mafie e dintorni : Il fenomeno delle mafie e i loro rapporti con lo Stato e la società civile / Franco Plataroti

L'Italia a fumetti / di Ferdinando Leonzio

Qualche parola (2015-2022) / di Luigi Boggio

Sonetti / di William Shakespeare ; tradotti in siciliano da Prospero Trigona

Edifici di città: Roma 2020-2021 / Pierluigi Moretti

Perduti luoghi ritrovati : Poggioreale Antica / di Roberta Giuffrida

Delitto a Nova Milanese : venticinque righe nelle "brevi" / Adriano Todaro

Abbiamo una Costituzione : Ideologie, partiti e coscienza democratica costituzionale / Gaetano Sgalambro

Emma Swan e l'eredità di Adele Filò / di Simona Urso

Otello Marilli / di Ferdinando Leonzio

Autobianchi : vita e morte di una fabbrica / di Adriano Todaro ; prefazione di Diego Novelli

Accanto ad un bicchiere di vino : antologia della poesia da Li Po a Rino Gaetano / a cura di Piero Buscemi

Il cronoWeb / a cura di Sergio Failla

L'isola dei cani / di Piero Buscemi

Opere di Piero Buscemi:

Accanto ad un bicchiere di vino : antologia della poesia da Li Po a Rino Gaetano / a cura di Piero Buscemi (ISBN 978-88-6711-107-7, 978-88-6711-108-4)

Celluloide : storie personaggi recensioni e curiosità cinematografiche / a cura di Piero Buscemi (ISBN 978-88-6711-123-7)

L'isola dei cani / di Piero Buscemi (ISBN 978-88-6711-037-7)

Iridea / poesie di Alice Molino, foto di Piero Buscemi (ISBN 978-88-6711-159-6)

Enne / Piero Buscemi (ebook ISBN 978-88-6711-179-4, book ISBN 978-88-6711-180-0)

Querelle / di Piero Buscemi (ebook ISBN 978-88-6711-201-2, book ISBN 978-88-6711-202-9)

Di dritto e di rovescio : L'importanza del raccattapalle ed altre storie / di Piero Buscemi (ebook ISBN 978-88-6711-217-3, book ISBN 978-88-6711-218-0)

Il giudizio dell'acqua / di Piero Buscemi (ebook ISBN 978-88-6711-231-9, book ISBN 978-88-6711-232-6)

Le ombre del mare / di Piero Buscemi (ebook ISBN 978-88-6711-246-3, book ISBN 978-88-6711-245-6)

La casa del diavolo / di Piero Buscemi (ebook 978-88-6711-248-7, book 978-88-6711-247-0)

English books or bilingual:

Perduti luoghi ritrovati : Poggioreale Antica / di Roberta Giuffrida. - english/italiano. - (ISBN 978-88-6711-196-6)

Visioni d'Europa - Europe's visions / di Benjamin Mino, 3 volumi. - english/italiano. - (ISBN 978-88-6711-143_8)

Sonetti / di William Shakespeare ; tradotti in siciliano da Prospero Trigona. - english/sicilianu. - (ISBN 978-88-6711-203)

Querelle / Piero Buscemi ; preface by Vincenzo Tripodo. - english edition. - (ISBN 978-88-6711-209-8, press ISBN 978-88-6711-210-4)

Riviste e periodici:

Post/teca, antologia del meglio e del peggio del web italiano

ISSN 2282-2437

https://www.girodivite.it/-Post-teca-.html

Girodivite, segnali dalle città invisibili

ISSN 1970-7061

https://www.girodivite.it

Jacopo : la rivista della Bibliotheca

https://https://www.girodivite.it/La-Biblioteca-di-OpenHouse.html

ZeroBook catalogo delle idee e dei libri

bimestrale

https://www.girodivite.it/-ZeroBook-free-catalogo-puoi-.html

www.ingramcontent.com/pod-product-compliance
Lightning Source LLC
LaVergne TN
LVHW050952080826
845145LV00005B/1489

* 9 7 8 8 8 6 7 1 1 2 4 9 4 *